商业摄影实战教程

编著 ◎ 朱 杰

上海人民美術出版社

前言

作为商业摄影的教程，我们的目标是让大家从接触商业摄影的历史开始，进而了解商业摄影和当代传播的重要关系，从而在更为深入地掌握商业摄影整体构成的基础上，进入商业摄影的实战阶段。商业摄影从它诞生的那一天起，就和社会经济的发展密切相关，也和摄影的硬件、技术的发展紧紧关联。全书将通过大量的案例，展开商业摄影从构思、拍摄到传播的整个过程，便于让新手尽快入门，掌握商业摄影的基本运作方式，同时也可以让有一定基础的商业摄影爱好者，学到许多商业摄影的秘笈。

目录

CONTENTS

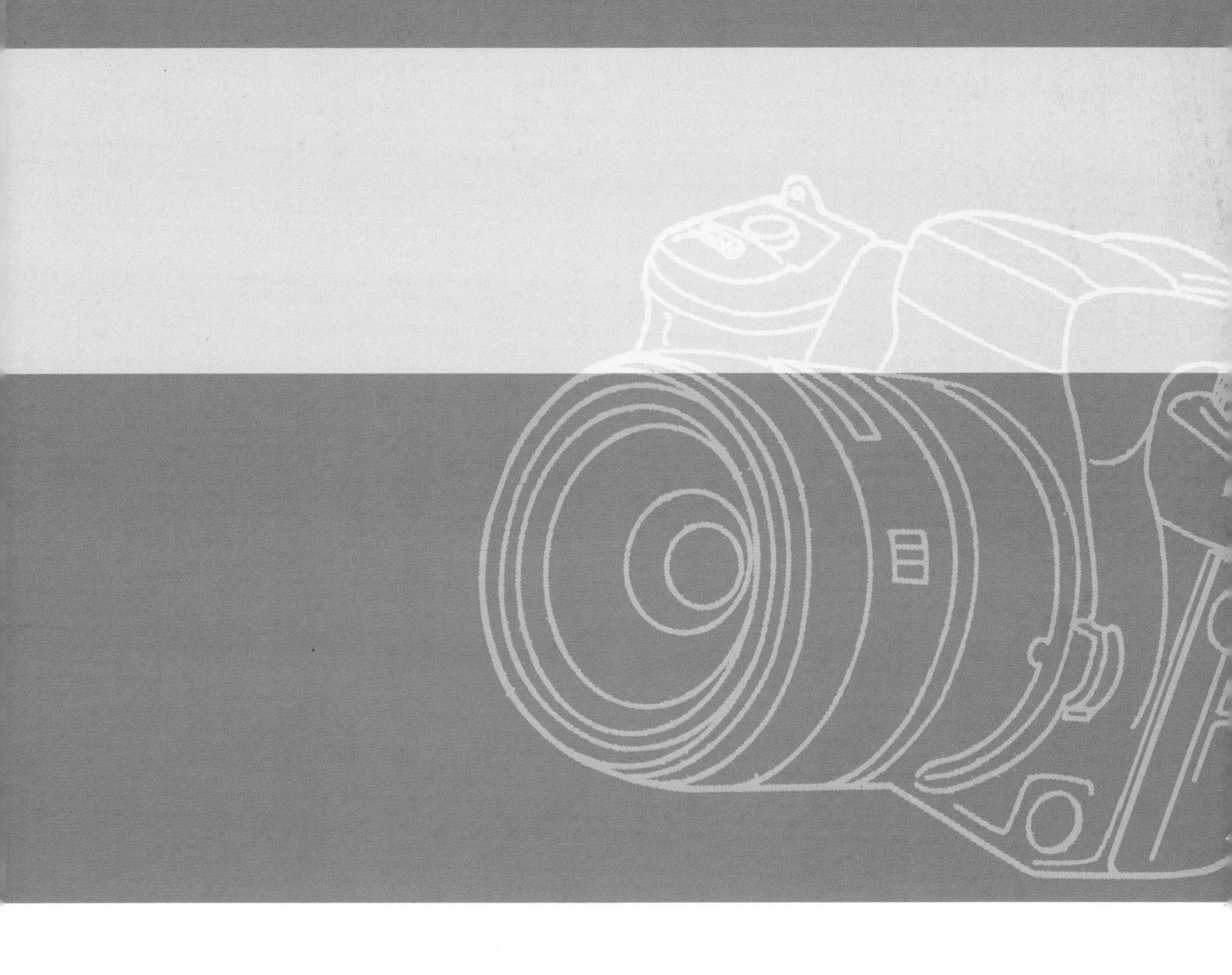

目　的 _ 了解摄影术的诞生对于商业传播的影响力，区别商业传播中文字、绘画和摄影的不同功能和效果。

要　点 _ 从摄影的诞生到运用于商业领域，经过了几十年的演变过程和准备工作，才进入真正的实用阶段。

学　时 _ 12课时

第一章 / 商业摄影的历史与现状

不管从哪一个角度审视商业摄影发展的历程，摄影术的诞生对于商业传播的影响力都是不可置疑的。尤其是摄影以其与生俱来的技术特征和纪实优势，不仅简化了绘画的复杂技巧，更重要的是能获得更为真实的图像，从而大大提高了商品的传播速度和真实性。然而从摄影的诞生到运用于商业领域，却是经过了几十年的演变过程和准备工作，才进入真正的实用阶段。回顾这样一段看似自然实则艰辛的发展历程，对于当代商业摄影的现状和发展趋向的理解，是非常有价值的。

一、摄影术的诞生与商业摄影

1．感光方式与商业摄影

这是一个在摄影史上值得纪念的年份——1826年，法国科学家尼埃普斯通过白色沥青的光硬化的方式，选择了装有透镜的画箱，第一次尝试了被他称为“日光摄影法”的实验。尽管当时的影像还很粗糙，根本无法用于广告宣传，但是却在摄影介入广告业的天空中留下了第一缕苍白的光芒。

尼埃普斯的“日光摄影法”由于对光线的灵敏度过低，还难以进入实用阶段。这时，法国巴黎的画家、舞台设计师达盖尔写信给尼埃普斯，表示愿与他合作，共同探索并完善“日光摄影法”。然而，固执的尼埃普斯不愿接受达盖尔改用银盐做进一步试验的主张，从而使实验一直得不到有价值的进展。1833年尼埃普斯去世，达盖尔终于有机会改进了尼埃普斯的试验方式，最终缩短了图像的曝光时间并大大提高了图像的清晰度。1837年5月，达盖尔终于使摄影的实用成为现实。他把自己的银版摄影法命名为“达盖尔式摄影法”。

达盖尔摄影术诞生时的壮观场景

“达盖尔式摄影法”公布之后，在欧美各地引起了极大的反响。美国及欧洲的大多数国家的主要城市中，都相继建立了“达盖尔式摄影室”。摄影室是一个玻璃房子，以保证充足的光线可以拍摄清晰的人像。被拍摄的人爬几级楼梯登上一个高台，坐在椅子上后，头部要用铁夹子夹住，以避免晃动；同时眼睛看着照相机，不能眨动。因为即便是在天气好的时候，整个曝光时间也需要30秒到1分钟。当时的拍摄是没有底片的，一次只能是一张清晰的正像。如果需要两幅，就得以同样方法拍摄两次，或将两台照相机并列在一起同时拍摄。用达盖尔法拍出的照片，影像虽然是左右相反的，但是大部分人都还能接受，因为人们除了照镜子之外，从来没有看到过自己如此真实的影像，同时还能被永久地记录下来。但是，由于银版法具有曝光时间长、制作手续复杂、每拍一次只能得到一幅照片等明显的不足，因此只流行了大约10年，就被后来更先进的方法代替了。

在达盖尔研究银版法的同时，英国的一位科学家塔尔博特也在进行着类似的试验。1834年，他在涂有氯化银的纸上盖上花边或树叶并放在阳光下曝晒，结果也得到了一张黑色衬底的白色图像，从而找到了当时很有价值的曝光方式。塔尔博特的最大贡献是在拍摄过程中第一次获得了负像，并且可以把所得到的黑底白图像的负像片与另一张未感光的感光纸的药面相贴，然后曝光、显影、定影，就可以得到无数张与原

Tips

摄影术的诞生

1839年8月19日，法国科学院与艺术学院举行了一次特别会议，以达盖尔所申请的专利为基础，正式向全世界公布了“达盖尔摄影术”。于是，这一天被世界公认为摄影术的诞生日，尼埃普斯那一缕苍白的光芒，终于在达盖尔的手中变成了美丽的曙光。

物影调一致的正像片。现存最早的塔尔博特照片是1835年拍的，曝光时间约为10至30分钟。当达盖尔银版法研究成功的消息传出后，塔尔博特担心这种方法与他所用的方法相同，于是立即决定将自己的方法公布于众，并以论文提交英国学术院，申请优先发明权。他把这种方法取名为“卡罗式摄影法”。

卡罗法的优点在于每张负像片可以印无数正像片，价格较低，印出来的相片不是左右相反的，同时便于邮寄和保存。在印制正像以前，负像片还可以进行修饰，如去掉脸上的皱纹、斑点等。但是它的缺点也是明显的：由于负像片是纸质的，纸基的纤维影响了印片的清晰，影纹较粗，而且不均匀，易褪色，感光性能较低，需要长时间曝光制作，工序也很繁杂，致使不具备一定化学知识的人都不敢把摄影作为业余爱好。然而从传播的角度看，这样一种可以大量复制的方式，无疑为以后的摄影介入商业传播模式奠定了坚实的基础。

达盖尔银版法制作的画面

接下来诞生的湿版法，其优点是光敏度高，感光快。拍风景约需10秒至1分钟，拍人像只要2至20秒。拍摄完成后，再用蛋清相纸便可以印出无限量永久性的照片，而且影像、纹理清晰，层次丰富，景物优美真实，价格低廉。同时，由于阿彻尔没有将湿版法申请专利，因此，任何人都可以免费使用，普及迅速。从1851年到1870年的20年中，湿版法几乎成为英美及欧洲大陆的主要摄影方法，这就意味着摄影获得了新生，也使商业中运用摄影作为图像传播逐渐成为现实。

可以说，湿版法是摄影技术发展史上的一个里程碑。但是，它的缺点是制作不方便，时间上要求较严格。加上那时没有放大机，要想得到大幅照片，只有用又大又笨的照相机。于是湿版法经过20年的兴盛之后，人们又在向往着更简易的摄影方法。这时，柯达公司的创始人乔治·伊斯曼登场了，经过几年的奋斗，他于1888年6月成功地制造了第一架“柯达”（Kodak）照相机，次年生产了具有突破性意义的成卷的软质胶片。“柯达”照相机体积小，便于携带，能拿在手中拍摄。软片胶卷是事先装在照相机里的，当摄影者拍完100张底片后，即可将照相机寄回柯达公

塔尔博特负像印制的照片

Tips

湿版摄影法

人们希望在得到如同“达盖尔式摄影法”具有清晰的影像、细致的影纹照片的同时，又能像卡罗法那样能便宜、迅速地印出许多的照片。于是，有人提出了用透明片基代替纸基制作负像片的设想。1851年，一项划时代的重要发明出现在英国。这一年3月号的英国《克密斯特杂志》发表了阿彻尔的“火棉胶摄影法”，又被称为“湿版”摄影法。

伊斯曼在调试他的柯达一号相机

司，由柯达公司将胶卷取出冲印成照片，再将照相机装上新软片，连同照片寄还本人，而且价格也比较合适。当时柯达公司有一句颇具影响的广告口号："你只需要按快门，其余的一切都由我们来做！"这句口号不仅真实展现了柯达公司产品的方便实用性，同时也成为优质服务的理念精神。

伊斯曼的贡献在于大大简化了摄影方法，使摄影术得到前所未有的普及，并进入真正的实用摄影时代。与此同时，摄影器材也日益朝着方便、快捷、经济的方向发展。摄影的影响范围也日趋扩大，很快就被广泛地运用于商业传播等各个领域。

摄影感光材料的技术进步，还表现在彩色技术的成功。早在19世纪70年代，法国科学家欧伦用三色法拍摄了安古伦城堡风景。最先在市场上出售的彩色片，是1907年法国卢米埃尔兄弟创造的，被称为"天然彩色片"。这类彩色片由于必须通过彩色颗粒滤光，所需曝光时间很长，而且不能印制成彩色照片，所以未能普及。1908年，摄影家阿诺德·金瑟用这一方法拍摄的彩色片尽管色彩夸张，但是在摄影史上依然是一个重要的里程碑。1912年，德国的化学家又提出了在胶片上涂布三层乳剂的设想。经过反复探索，1936年还是由柯达公司首次推出了涂有三层乳剂的彩色片。这种彩色片的色彩质量和光敏度都很好，只是印制彩色照片仍很困难。所以，一直到20世纪50年代，尽管在商业摄影中已经出现了大量的彩色照片，但彩色摄影还是少数专业摄影师擅长的领域。一直到了70年代以后，彩色摄影才真正得到普及，并以其完善的色彩还原能力，巩固了在商业传播领域的坚实地位。

Tips

早期摄影光源

富有冒险精神的法国人纳达尔在19世纪50年代使用火棉胶摄影法时，曾用电池灯作照明，但设备笨重且亮度不高。当时也有人用煤气灯照明，虽然得到了足够的亮度，但因温度高而常使被摄者无法承受。

欧伦在1877年完成的彩色照片《安古伦城堡》

Tips

滞后的印刷工艺

在对早期杂志、报纸、商品目录进行广泛的调查以后可以发现，在整个20世纪30年代中，出现在商业广告方面的图像形式，手绘插图依然多于照片。其中一个非常重要的原因，主要和彩色摄影的工艺和印刷技术有着密切的关系。

2. 摄影器材与商业摄影

随着摄影技术在各个领域的广泛应用，不同用途、不同类型的照相机相继问世。除常见的35毫米照相机、120照相机外，还有用与120胶卷宽度相同、长度比120胶卷长一倍的220照相机，以及尺寸规格种类齐全的中画幅和大画幅照相机相继诞生，为商业摄影提供了各种各样的拍摄可能。按照实际需要，在商业摄影中，各种照相机和各种镜头都可以使用。产品照片常常需要使用大型照相机来拍摄，因为这种照相机可以做到构图精确，可以很好地控制变形和清晰度，拍出来的大幅原片便于细节的复制。如果要着重表现运动和灵活性，也需要使用中、小型照相机，主要根据客户的需要，各种技术手段和特殊的技法都可以在商业摄影中一显身手。

至于照相机的各种附加镜、滤镜，不同种类的取景器、测距器、自拍器、快门装置、输片装置，以及机身主体的设计等，更是在日新月异地发展、变化与完善，使室内广告、室外广告都成为各种创意的天地，令摄影师得心应手地创造出美轮美奂的精彩作品。

接下来涉及的是摄影的光源问题。在摄影术发明初期，除了日光之外，没有其他光源可用于摄影。1877年第一家使用电灯的摄影室在伦敦出现。19世纪80年代，人们开始用点燃镁粉来进行闪光摄影，使曝光时间缩短为1/10秒。但是，用镁粉闪光有很多局限，如在室内，闪光时会释放大量烟雾和气味，并散落白灰；在室外要在不刮风、不下雨的日子才能使用。1880年钨丝灯的发明也没有解决摄影光源的问题，因为当时电力不足，光线黄而弱，因此，镁粉闪光将就使用了很长一段时间。直到1925年

Tips

照片取代插图

20世纪20年代，美国盖洛普理论研究所进行了有关视觉传达的研究，结果无可争议地表明，以文字为主的商业广告已退居次位，而跃居首位的视觉型表现手法也已由绘画插图逐渐发展到以照片为主的商业摄影。

早期大画幅相机拍摄的伯爵夫人

纳达尔的广告宣传画面主要以自然光源为主

Tips

早期商业图片传播

尽管早在19世纪50年代，照片就被用来显示出售的商品——特别是时装和定做的服装，不过当时的做法要么就是印成单张照片来散发（通常是4英寸大小，其作用有限，也比较昂贵），或者更常见的是将照片制成手刻版或平版印刷的画片。

闪光泡的发明，才使摄影师第一次用上了一次性的闪光泡，闪光亮度得到了保证。但是一次只能闪光一次，操作不便利，对摄影者来说也不够经济。1947年电子闪光灯问世，摄影的光源问题得到了真正意义上的解决。尽管这种闪光装置笨重，光量不如闪光泡，但能反复闪光，相对来说是更为经济实用。60年代电子闪光灯体积日趋缩小，发光强度大大提高，终于装进了照相机之内。高速的闪光灯可以记录人类肉眼无法捕捉的图像，展示了一个全新的天地。同时，在专业摄影室也开始使用带有造型灯的强力电子闪光灯来进行拍摄，除了自然光以外，现代商业摄影几乎都选择这样的电子闪光灯作为主要光源。

从摄影术的诞生到今天在广告领域中的广泛运用，还不到170年的时间，就已经发生了质的变化，尤其是近年来的数码技术，更带来了令人难以想象的进步。也许可以这样说，现代摄影工艺由于依赖现代科技的高速发展，使摄影术以令人难以置信的变化介入到人类生活的各个方面。而对于商业摄影和传播来说，摄影技术和工艺的每一次进步，也都具有无可争辩的历史性的意义。

3. 借助传播技术的商业摄影

如果单从摄影技术本身考察商业摄影的发展，一切问题似乎很简单。但是不容忽视的是，尽管商业摄影作品本身可以方便地复制，并且可以无限制地衍生出相同的版本，但是这样的复制宣传效应不仅价格昂贵，同时普及面也还是非常有限的。于是我们必须进一步从传播的角度观察传播样式对商业摄影的制约和推进，从而找到商业摄影之所以高速发展的一块重要的基石——以印刷为主的平面传播媒体。

很难想象在这个世界上没有广告，而广告又没有摄影。但是照相机所摄图像的重要性，在摄影的初创期并没有被广泛认同的。关键原因是，在1839年摄影术正式问世后的数十年间，摄影的传播只能依靠简单的复制技术，因此难以在更为广阔的空间里传递图像的信息，以摄影作为媒体的广告还远远没有发挥出它应有的魅力。如今，人们已经可以把世间的任何物象非常逼真、相当精确地印“画”在报刊和杂志上，摄影的传播力量也日益显现出它的强大生命力。商业摄影这项高度商业化的艺术形式，从形成到成熟，由此历经了数十年的时间。

在摄影术诞生以前，或者从更为严格的角度说，是在摄影可以通过精良的印刷术传播以前，商业传播领域一直是绘画和文字的竞争之地。鉴于这两者本身的不足——文字的过于抽象和绘画的不够真实，这两者的竞争一直难分伯仲。然而，随着社会经济的发展，生活节奏的不断加快，人们越来越偏爱对于图像的接受，文字在商业传播领域中的角色受到了日益严峻的挑战。

在新一轮的竞争中，摄影和绘画插图开始在商业传

摄影师蔡完成的商业广告画面《智利少女》

播领域中展开了拉锯战，而人们难以抗拒地将目光逐渐聚焦于广告中的摄影。美国最著名的广告人大卫·奥格威在《一个广告人的自白》中说，向顾客出售产品时要用照片，因为“照片代表事实，而绘画代表幻想，而且可信度低”。他一语道破了其中的奥秘，将以写实为特长的摄影放到了商业传播中难以动摇的位置上。

插图报展示的最早的影像画廊之一

然而从摄影的传播技术发展考察商业摄影，可以发现商业摄影的成型主要是在20世纪。在摄影术发明后的前50年间，摄影还难以进入广告的领域，这主要是因为它要依靠摄影复制，而这一时期的摄影复制还不能取得令人满意的质量，加上成本昂贵，推广困难，不是一般广告商所能承受的。

同时，将照片印在报刊上、书本上的做法，最初是请雕刻家用手工将照片的图像描在一块木板上并刻出来，再用油墨印刷而成的。但这种方法不能保持照片原有的影调层次，制作工程也比较繁琐，不够快捷。于是，随着新的工艺不断出现，人们开始选择照相的方法来制版。然而用照相方法制出的金属版虽有耐磨性，但是经过腐蚀的凹凸线条和色块也只能印出纯黑和纯白的影像，无法满足摄影原作丰富的影调结构表现的要求。后来，人们用一台装有细线网格玻璃屏的摄影机来翻拍照片，使所有的中间灰色调在金属版上变成粗细大小不同的网点，这样，在一定距离上观看，就与照片的影调一致了。首先将网点照片印在报刊上的是美国1880年的《纽约画报》，摄影的传播一下子就处于突破性的萌芽状态。1893年，哈里·麦克维卡在《时尚》创刊的第一期采用了照片的形式，开始引导时至今日的时装杂志的风格。照片印刷技术的成熟，大大刺激了商业摄影的发展，同时也促使感光胶片向感光度高、颗粒细方向发展，照相机则向小型精密方向发展。更重要的是，传播的成本大为降低，传播的空间却大为普及。

20世纪初，随着印刷术和纸张的逐步改良，黑白照片开始在广告中出现，引起了商家广泛的兴趣。到了20世纪20年代，黑白照片在广告中得以广泛应用，它的传播效应也得到了社

《时尚》封面开始了商业摄影传播的历程

Tips

摄影家青睐商业摄影

20世纪30年代以后，一些著名的摄影家纷纷借助杂志展示商业摄影的力量，比如法国的《巴黎》杂志，刊登了当时许多著名摄影家的作品：曼·雷，安德列·柯蒂兹，热尔曼·克鲁，哈里·梅尔森，简·莫拉尔以及布拉赛等等。此外，那些电影明星的私人和专业生活覆盖了电影杂志，摄影以静态的图像对新电影的宣传起到了不可低估的作用。

30年代的都市街头商业摄影广告

会的肯定。即使从那时起，摄影成为广告的主要手段的发展过程仍是缓慢的。从每年的商业、设计和广告汇编上看，利用照片当插图似乎发展很快，但是这些编纂物却是精选了那些高质量的和新颖的作品，并着重刊载优秀出版物上所刊载的作品，忽略一般质量和较低水平的出版物。

目前在广告中占统治地位的彩色摄影，直到20世纪40年代才得到广泛应用。在这以前，彩色摄影材料的色彩真实程度不稳定，也不容易采用修片的办法加以纠正。而且制作彩色广告照片需要分多次拍摄分色片然后合成，所以只适合拍摄静物和一些绝对不动的物体。由于拍摄时的麻烦和费用的昂贵，使采用当时的彩色照片来拍摄高级轿车、美酒、漂亮的帆船等做广告受到了限制。1935年以后，柯达克罗姆的减色法彩色胶卷的诞生，一次性的成功拍摄大大方便了拍摄者，也使印刷制版变得比较方便。加上在第二次世界大战期间发展起来的大尺寸、高质量的彩色胶片在市场上已很容易购得，促使广告商和商业摄影师将目光投向了色彩斑斓的画面，彩色商业摄影由此得到迅速发展。同时，与之同步的印刷技术也起到了推波助澜的作用，在杂志上真实地再现商业摄影的色彩质感变得轻而易举，成本也在不断降低。这样，摄影与传播技术的齐头并进，终于奠定了现代商业摄影无所不在的惊人魅力。

4. 摄影插图与商业摄影的关系

如果从更为广泛的意义上考察摄影的广告宣传轨迹，还可以发现报刊杂志中摄影插图的成熟过程，其实也或多或少带上了广告传媒的特征。摄影术在报刊杂志上不仅仅以纯广告的面目高速发展，同时作为报刊杂志的插图样式，在很快取代了绘画的统治地位之后，同样也构成了独特的传媒特征。

20世纪以来，报刊杂志的发展和广告的成熟是平行的。首先这两者都和政治、经济以及社会密切相关，构成了同步的底层基础。其次，它们都从文字的世界向更为丰富的图像领域发展，因此相互之间有着非常复杂的交融关系。于是当它们的传播力量都开始以视觉的描绘为基础并行发展时，具有突破性意义的就是完成了从绘画到摄影的转变。尤其是在一次世界大战以后，摄影已经成为必不可少的方式出现在报纸和杂志中。

接下来的竞争呈现了白热化程度，写作者、编辑、广告人很快认识到了摄影图像所具有的潜在影响力。尽管在一开始摄影只是作为图解的样式出现，但是后劲十足的摄影还是取代了文本，使文字沦为解说词的角色。摄影图片成为主要的来源，不仅逐渐拓展报纸的覆盖率，同时也使用于各种各样专业的出版物。

同时，从20年代中期开始，以关注现实生活的杂志开始不断增长。受到以图像为

Tips

图片社与商业摄影

图片社与商业摄影的联姻，促进了商业摄影的发展。其中的一些图片社有的一直延续到今天，比如著名的“黑星”，“联合图片社”等等，在当代图像传播的领域中都是首屈一指的。

主的日报的影响，以大众为对象的周刊也出现了，如法国的《VU》、《竞赛》，美国的《生活》和《观察》，英国的《插图周刊》和《图像邮报》，这些以真实报道为前提的杂志，自然就选择了摄影作为主要的媒介，一时间使摄影身价百倍。以摄影为主要图像来源形成了专业的、文化的以及休闲的庞大分支：机器、制造设备、旅游业、民俗和人种学、内部装饰、建筑学、美术、电影、体育、政治，以及宣传机构，林林总总令人目不暇接。尤其是女性的生活样式的改变和不断增长的独立意识，通过图像在大量的专业杂志中得到了反映。《时尚》、《哈泼斯市场》、《优异者》、《女性》等等，从不同的角度展现了时装设计的最新作品；而其他的一些杂志，则是指导女性如何变得更为年轻、更美丽、更健康，甚至一些比较开放和具有色情意味的杂志，也以全新的方式繁荣于市场——摄影在其中扮演了一个不可或缺的重要角色。

一方面，从日益繁荣的大众图像杂志中得益的，就是不断兴起的大公司将目光对准了杂志上的广告。另一方面，摄影本身也成为宣传的主体，既针对摄影爱好者，也面对专业摄影师，比如法国的《摄影》、《摄影图像》，美国的《美国摄影》、《现代摄影》，以及德国、意大利、希腊、西班牙、捷克斯洛伐克以及日本等等的摄影杂志，从摄影内部推动了摄影作为一种新传媒的空前发展。

可以说，这时候的摄影已经赢得了至高无上的位置。然而它依然以不懈的努力，去寻找更为强有力和具有说服力的图像传播方式。一开始，报纸只是依赖他们自己的摄影师去纪录事件和新闻主题。然而不久，自由职业摄影师出现了，他们为报纸提供凭借运气和受委托拍摄到的照片，大大拓宽了图像的来源。在意识到图像资料重要性的背景下，报纸和杂志都建立了自己的图片库，摄影家也开始积累自己的影像资料。

Tips

商业摄影先驱

最早将摄影术和商业密切联系在一起的摄影家可能是波德莱尔和他的商业实验所。他的主要顾客是一般的普通人，同时也为企业广告服务。最典型的事例是波德莱尔在19世纪末的晚会上拍摄美国著名女雕塑家方德比尔特，照片被她用在自己的宣传资料上。

《VU》杂志电影海报的商业宣传

以商业宣传为目的的《地理课》

伊文思《芝加哥》（1947）展现了摄影插图的魅力

紧接着，一些自由职业摄影师厌倦了为报刊杂志打工的单一做法，他们自己组成了图片机构，成为报刊杂志编辑和艺术指导的图片来源。

到了30年代末，整个为杂志提供摄影产品和传播渠道的网络已经基本形成。然而在二次世界大战中，情况又发生了巨大的变化，主要原因是战争所造成的移民摄影家和他们的代理出现了。巴黎主要的报纸几乎都成了这些摄影家的天下。德国则由这些摄影家出版了如《信号》这样的宣传杂志。在美国和英国，摄影图像杂志都向宣传类的风格靠拢，出现了大量如《VU》、《竞赛》、《图片邮报》，以及《生活》等杂志。由于战争所带来的宣传空间的缺乏，当时只允许简洁明了的重要的新闻摄影体裁，从而推动了新闻类代理商的发展，并且在1947年出现了著名的玛格南图片社。

50年代以后，图像杂志面临着电视的挑战。但是作为平面的视觉传播方式，摄影图像和报刊杂志的紧密结合，依旧以其牢不可破的强大屏障，抵抗着各种动态图像的猛烈冲击，并且在21世纪依然成为"读图时代"的主流样式之一。

二、商业摄影观念和风格形成

1．商业摄影技术与观念的同步

任何一种艺术样式观念的演变，往往都受到其技术进步的影响。同时，艺术观念的每一次突破，也都或多或少刺激了技术本身的推进速度。在商业摄影的技术与理念之间，同样也处于这样一种良性的循环过程之中。

摄影技术的发明，首先在绘画界引起了巨大的反响。当时著名的画家德拉罗修就绝望地声称：绘画从此完蛋了！摄影不仅很快进入了画家最为擅长的传统艺术领域，如风光、人像等等，同时很快向一直被绘画和文字盘踞的广告界渗透。早在1840年，摄影方式就吸引了为数众多的广告主，商业摄影的出现，立刻就使商业领域在多方面受益。就以在各地游说的商品推销员为例：他们借助照片在他们巡游推销的工作中发挥出以往无法想象的作用。聪明的推销员使用照片，奔忙于批发部与众多的售卖店之间，可以把公司的最新产品，如：厨房用具、浴缸、孕妇用车等商品及时地推向市场，而避免捆带那些笨重易于损坏的实物样品的麻烦。当然，商业画家们也没有如同德拉罗修所想象的那么悲惨，并没有失业的趋势，他们仍然为推销员描绘着真实的商品形象，尤其是他们的作品可以弥补早期照片细节不足的缺陷并继续受到青睐。于是，受到技术限制的摄影术只能在特有的观念范围中积极活动，比如摄影师们的作用可以体现在为制造商快速制作产品图录和广告活动，通过相对逼真的可信度在宏观的领域由推销员灵活使用。

Tips

商业摄影的主要媒介

从形式上看，商业摄影主要用在杂志和报纸上，其他使用途径有：商品目录、小册子、推销商品的印刷品、购物指南、张贴广告、汽车卡、广告画，使用手册、年度报告、直接投寄的宣传信件、产品包装和电视上的广告等等。只要有形象推销的需要，商业摄影几乎无孔不入，其传播观念之深入人心，是以往任何一个时期所无法想象的。

尽管当时人们还没有清晰地意识到这是摄影与广告最早的“亲密接触”，但是无形中已经奠定了摄影在广告中的特殊地位。进入20世纪30年代，一本专业的印刷杂志《制版与油墨》就有记载：“广告插画大部分是用照片，这不是照相机简单和偶然的事件。”遗憾的是，涉及到商业摄影最初的发起阶段的记载很少，照片也由于印刷质量的关系无法详细地了解当时的细节。然而，真正制约商业摄影发展的，不仅仅是没有令人满意的照相制版方式，或者缺少有效的、价格低廉的传播媒体，更是当时的广告主所需求的也只是一些普通的写实照片，只要能将商品的原样表现出来就可以了——这就是观念滞后所导致的。同时摄影家们所关注的也只是如何创作出高质量的艺术照片参加展出，赢得荣誉，而对商业摄影上的作为缺乏更多的热情。

当人们逐渐认识到摄影在广告中的真正作用时，商业摄影才在本质上完成了形式转换的任务。在20世纪50年代以后，商业摄影的观念已经具备了一整套完整的模式：广告照片的内容、设计和风格大都由艺术指导决定，邀请摄影师也是艺术指导的任务。他们向摄影师下达的指示可以是非常具体的，包括具体的草图，也可以是能够表达一种特定的思想或情调的一般性的要求。在要求极为具体的情况下，摄影师可能要在照相机的磨砂玻璃上描下一个草图，以保证获得所需拍摄的形象。尽管摄影师也可以自由发挥自己的想象力来表达基本思想，但在任何情况下，摄影师都必须保证拿得出技术上精良的照片。在产品插图和其他商业摄影中，技术精良意味着完美的构图和曝光、极高的清晰度、丰富的色彩以及类似的特点。当然这不是绝对的，比如在给灾害救济或火灾保险做广告时，这时的技术精良也许就需要拍出颗粒粗糙、利用现有光“抓拍”照片，使人具有新闻摄影的真实感觉。摄影师的本领就在于能够拍摄到艺术指导需要的东西，不管怎么表现，都能拿得出客户所要求的那种质量的照片。

Tips

新观念介入商业摄影

各种新的观念对商业摄影的介入包括：结构主义、包豪斯，或者超现实主义。但是在这些表象后面真正的驱动力，却是通过广告、杂志以及各种出版物所散布的图像。其实摄影广泛用于海报、报纸、新闻刊物、杂志、图书等等媒介，就是摄影最大的成功理由。

斯泰肯在20世纪初拍摄的皮鞋广告

奥特布里奇《Ide的衣领》（1922）呈现了先进的理念

柯蒂兹《叉》（1928）既是艺术作品，又是商业摄影

穆雷的商业摄影颇具推销的力量

Tips

“机械”审美

“机械”审美的提出，主要是提出了审美的方式必须走出实验室，从心理学的角度强调形状与色彩的力量，对准机械和工业。甚至在1925年，一些艺术联盟坚持认为，所有的新的价值观念都必须和造型艺术相关，没有任何理由忽视其中的价值。现代商业摄影也就是在吸收了所有这些倾向的基础上，真正成熟于第一次世界大战之后。

根据广告和主题的种类，摄影师去完成指定的任务时会遇到各种问题，如近摄或科学摄影方面的问题，人像构成方面的问题，舞台或建筑摄影方面的问题，抽象和幻想方面的问题，或者在其他诸多方面数不胜数的问题。因此摄影师也必须选择不同的方式加以解决。比如产品广告通常要求拍摄产品本身的照片，把它拍摄得看上去质量很好，或者拍摄产品被人使用的照片，显示使用者对产品的功能表示满意。产品的好处常常用照片的情调或情节来表达，事实上就是在说，你觉得它不错，或者你已然喜爱上它了。服务性的广告常常用“情节”照片表示如何服务或接受此项服务而感到满意的顾客，获得一宗产品或一种服务以前和以后的照片，以及获得以后的效果也经常是广告照片的内容。又比如从事公共事业的人物或机构的广告可以表现人物（候选人、董事和为您服务的办事员），也可以表现设施（宽敞的工厂、现代化的课堂）或者利用插图来强调诚实感、可靠感、友好或其他一些素质。支持一种事业和活动的广告常常使用照片来显示某一种状况应当加以反对或应当得以纠正，或者暗示应当支持一些人的活动。要求援助的广告就要在画面上出现等待别人帮助的受害者。公共事业和传播信息的广告则要告诉人们往哪里去、做什么和怎样做。一整套广告观念的形成，正是基于广告技术的成熟以及广告媒体发达的基础上的，反过来也推动了技术技巧的更臻成熟。

如今，商业摄影在观念与使用上已经形成了非常复杂的分类样式。比如许多广告使用多张照片，先用一张照片来吸引读者的注意力，再用一张或多张照片来表现所要宣传的产品的近摄形象和细部。通常这些照片都是经过精心构思后完成的，然后由艺术指导把它们综合在一起进行整合宣传。

2. 商业环境与摄影的并行发展

对商业摄影观念的影响，还有一个重要的因素，就是商业环境的变化与发展。

随着摄影构成空间的不断扩大和活跃，图像和商业之间的联姻也变得更为普遍。摄影也就从这样的意义上被认为是商业社会的一种产品，比如纪实一个事件，或是作为一本书的插图，都能获得相应的商业利润。大量的摄影图库也同样开始满足各种领域的需要，面对制造商、电视导演、艺术指导、作家以及编辑。尽管当时的摄影方式还处于穷于应付的地位，但是这一时期却是摄影史上具有转折意义的时期。尤其是作为一种实用的艺术，随着以后摄影技术的高速发展，摄影的商业意义变得越来越明确。摄影已经应用于相当广泛的领域：艺术、文学、科学、人种学、宗教、法律、社会学、军事、工业、商业以及娱乐休闲。摄影不仅满足了审美的需求，同时也扮演了最基本的社会和商业的角色。同时，作为一种个人的探索和纯创造的样式，由于其无限的可复制性，从而变得无所不在，无往不利。

在这样一种政治生活还处于动荡不安的年代里，传统和现代性开始直接发生冲突，摄影也就被证明是一种必不可少的方式，用来传播新的观念和生活样式。于是，在20世纪20年代以后，摄影图像作为一种产品，呈现出爆炸的趋势。从照相机的取景框中留下的都是相似的东西：孩子、名人、人体、风俗景观、动物、日常生活、建筑、风景等等——这些主题还在不断地拓展。同时胶卷的颗粒和照相纸的质量也在不断地改进，加上照相机的功能的日益提高，操作却更为容易，使摄影家有更大的信心向各种可能的技术发起挑战。

因此是否可以这样说，20世纪最值得注意的社会现象之一，就是简单的广告样式演变成宣传产业，作为一种商业的销售艺术——最基本的底线就是选择了以图像的真实性进行劝说的方式。而从精心制作文字的脚本，发展到普遍倾向于选择图像，摄影在商业广告中找到了它自己特殊的位置。

在摄影进入销售技术领域的同时，正好整个社会大环境也进入了“机器时代”，一种革命性的生产和销售方式向整个世界扩散。这样一个新时代在当时也被称为美国的发展模式。当时，美国的集团化生产和产业的结构模式很快就传播到了欧洲和日

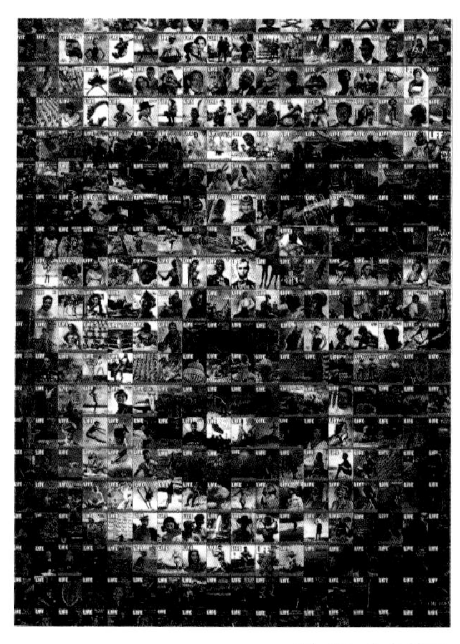

《生活》杂志封面

《生活》杂志的封面融入了工业摄影的气息

Tips

图像杂志与商业摄影

从1922年开始，由专业摄影室出版的《商业艺术》，推出了大量特别的广告作品，甚至在1930年杂志干脆改名为《现代宣传》。在《广告艺术》杂志中，艺术指导大力促进美国的商业方式。创建于1888年的《印刷》杂志，也在大力推广和讨论发展中的广告业。在法国，则将1923年创办的艺术杂志改为专业的广告图像杂志。1924年，德国创办了它们最大的图像杂志。在捷克斯洛伐克，一本名为《全景》的专业图像杂志也在这时候诞生。

Tips

商业图像的力量

如果说图像是全球性的语言的话，那么摄影更是首当其冲。它以对客观现实忠实复制的力量，奠定了在销售艺术中的可信度。摄影图像可以胜过许多页的文字描绘，它可以通过更为形象的方式和更为深刻的印象留在人们的记忆中。此外，摄影图像的可复制性，使其传播更为方便快捷。

本，大规模的生产带来的就是消费的大量增长，消费心理于是也开始占据了特殊的地位。尽管一些社会学家对高速发展提出了批评，一些哲学家也对人类的现代发展趋向提出了警告。然而前卫的艺术家团体则重新集结在一起，支持现代的生活样式和艺术构成。这样，摄影的观念也无可置疑地跟着发生了变化。

其实，在1918年以前，广告代理商将主要的精力放在销售的空间，很少注意海报以及其中所孕育的广告理念。从20世纪20年代开始，他们承担起了新的职责，同时也更注重了公司和大众宣传之间的关系。这样的一种趋向出现在几乎所有的工业化国家中，广告公司也出现了从未有过的繁荣状态。在1930年前后，广告被认为是一种应用艺术，当然也属于造型艺术的一种。作为一种新的视觉象征符号，广告以其强劲的张力宣告了现代神话的登场，它甚至还包括了对于情感的强大影响，并且在现代社会数以千万计的事件中产生吸引力。整整一代的广告作家和艺术家都在寻找标语口号和图像以适合新的时代需求。

然而不管怎样，作为具有标志性的现代宣传产业，都是和摄影有着紧密的关系，从而构成了一种特殊的产品。许多摄影家，包括爱德华·斯泰肯（当时是为纽约的瓦尔特·汤普森广告公司工作）、保尔·小奥特布里奇（他在1927年开设了巴黎工作室）、雷尼·祖伯、安德列·魏格尼奥等都是宣传广告类摄影的专家。斯泰肯在1928年主要是为道格拉斯香烟打火机和骆驼牌香烟拍摄广告照片，小奥特布里奇则为1922年的《名利场》杂志拍摄了著名的衣领广告，当时的这些广告甚至得到了艺术界的肯定。尤其是斯泰肯在商业摄影中对于光线的精妙运用，被认为是吸收了电影用光的技巧。尼克拉斯·穆雷、格兰赛尔·费兹、阿尔弗莱德·切尼·约翰斯通以及约翰·哈维顿都在商业摄影的领域做出了贡献，从纯艺术投入了商业的怀抱。这些摄影家都以自己的努力，对艺术界中轻视商业摄影的观念做出了回答，同时吸引了许多摄影名家偶尔也涉足商业摄影领域。比如著名的摄影家柯蒂兹在1828年拍摄的餐具叉，就同时刊登在广告和摄影杂志上，在为布鲁克曼公司的银质器皿进行促销的同时，也成为一种艺术样式的探索。

曼·雷以模特儿米勒为对象的电器产品广告

紧接着，随着商业形式的发展，先锋摄影家的实验性作品以及他们对抽象摄影的兴趣，则满足了商业摄影另一层空间需求。他们的实践证明摄影可以不代表真实，只是利用真实的构架以及独一无二的瞬间曝光，为商业空间进行新一轮的宣传。从这时起，作为宣传媒体的摄影家，他们更注重于创造一种氛围，而不是简单地记录客体。这些原则主要来自包豪斯学校以及超现实主义的影响，使用倾斜摄影的角度，俯视或是仰拍、拼贴、叠印、中途曝光、通过暗房特殊处理，甚至使用X光胶片，为商业销售观念的进步，提供了非常及时的表现手段。借助这样多样化的表现手法以及高科技的魅力，商业摄影渗透到了各个领域，包括汽车、珠宝、时装（如1927年乔治·霍伊宁成·休恩为西格尔模特儿的拍摄）、工业（玛格丽特·伯克—怀特在1928年拍摄的奥蒂兹钢铁厂），或者是电器（曼·雷在1931年为巴黎电子公司的拍摄）。

但是一个不容置否的事实就是：商业对摄影家的制约也在逐步升级。以往，摄影家在商业摄影中至少还保留了一种对器械运用的支配权，比如摄影室、灯光设备的控制，以及对运动场所、场景的选择权等等。他可以履行商业的使命，选择他所喜欢的人或场景完成拍摄。不久，摄影代理商、艺术指导、文本写作者以及编辑在制造影像的过程中越来越具有影响力。主要表现在对拍摄进行时间的安排，对不断增长的储藏的影像进行使用，最终发展到对摄影家的拍摄内容和环境进行限定。这样一种大规模的群体化的创作方式，正是商业发展的结果之一。

在第二次世界大战期间，商业摄影找到了和商业结合最为有效的主题，这就是爱国主义。销售商在销售它们的产品时，它们的销售信息都是与公众的爱国主义热情以及军事力量相关。同时，战争本身也必须“推销”。每一个民族都卷入了冲突之中，摄影的主要功能就是让平民放心，鼓舞士兵的士气，保护民族的安全，打击敌人，促使人民去防范内部的侦探和颠覆活动。战争一结束，美国的工业迅速发展，而欧洲的工业和商业则在逐渐的恢复过程中。在这两片大陆，广告方面的专家开始了从社会学和心理学的角度对新的商业市场进行研究。专家们认为，广告是当代世界和现代生活中七个最令人感兴趣的问题之一。1949年，甚至有人预言广告已经到了一个“英雄的时代”，具有非常广阔的前途。而摄影和商业已经结合得水乳交融，相互之间的刺激和影响令人兴奋不已。

30年代已经颇具前卫色彩的冰箱广告

斯泰肯的钢琴广告体现了他的身体力行

3. 风格演变与社会文化背景

除了技术的发展和商业方式对商业摄影的风格形成一定的影响之外，一个更为重要的影响因素，就是整个社会发展的经济文化等宏大的叙事背景。尤其是特定时期的消费观念所受到的制约，势必对商业摄影的观念形成不可低估的影响。下面以较为简约的方式，对商业摄影的风格演变进行大致的分类：

和盘托出——简单写实的商业摄影：

最先在商业摄影的表现空间中形成风格特征的是简单写实的商业摄影。风格的演变一方面是以技术为基础的，只有技术水平发展到一定阶段，风格样式才会真正形成。另一方面，社会的需求也对风格样式的构成起到了决定性的作用。在20世纪初的

Tips

早期商业图像表现形式

比如在整页的广告画面中，展示产品的照片往往只占一小块位置，却用多张绘画插图吸引读者的注意力或形成点题的美化作用。接下来，商业摄影开始打破这样一些约定俗成的做法，比如一男一女在认真交谈的照片可以配合一定的文字，引导人们对消费产品的重视。摄影的逼真感开始用来配合广告商消除顾客的疑虑、不安等情绪，而不再是简单地描述商品本身了。

Tips

艺术风格与商业

无论从广告的整体设计还是插图方式，著名的摄影家都曾借助艺术风格来为广告服务。他们以超现实主义的形象来表现不同的产品，或是以装饰的风格丰富了商业摄影的表现力。通过对情节虚拟的反向思维方式，在真实与虚构之间吸引着消费者的视线。

广告中，受传播技术的限制和广告客户的观念局限，几乎所有的照片都是直接表现产品和生产者的形象，影像真实，图像清晰，广告照片不过是大量文字中的一种插图。这种现实主义的摄影形象是为了证实厂家的话是正确的，产品的质量都是可靠的。对于当时传播水平还相当低下的社会经济环境来说，这样的写实方式已经使消费者感到相当满意了。

的确，商业摄影的真正崛起是和人们对广告的认识密切相连的。第一次世界大战以后，以美国为代表的20年代的经济得到空前的发展，广告在其中起到了大量生产、大量流通、大量消费这三项要素中不可缺少的联结纽带作用。广告费用的大量开销，以及印刷精美的广告刊物的出现（如1920年在英国创刊的《艺术与产业》月刊和《现代·广告》年鉴以及在德国几乎同时创刊的类似杂志）为商业摄影的繁荣奠定了坚实的基础。商业摄影的风格也开始向多元化的方向发展。

真实与虚构——情节性和超现实主义风格：

20年代以后出现了风格多样的广告照片，情节出现在商业摄影中，以及随之而来的反叛也同样流行。一方面，具有情节性的大幅广告照片产生，试图通过诱人的故事情节增加照片的复杂性，吸引顾客。另一方面，超现实主义风格样式的广告照片出现，从真实情节的反面出击，使产品更具视觉的冲击力。

情节性的广告是一股摆脱插图式广告的重要冲击力。一整页文字附带一张小照片的形式逐渐变成了一大幅具有故事性情节的照片，并配以动情的标题，这在当时被认为是一种革命性的转变。首先创造这一形式的据说是一家护手霜公司，他们请著名的摄影家爱德华·斯泰肯拍摄了一张照片，表现一双妇女的手在削土豆皮，接下来的一系列广告是表现用手在洗衣服、擦地板和做其他可能有害皮肤的工作。通过情节性的画面以模拟真实生活的强大力量，引导消费者从情感上接受厂商的建议。

梅耶的时装摄影属于直接描述的方式

同时，在逐渐精彩的广告界，所有的“现代主义者”都受着立体主义形式、拼贴艺术、照相现实主义等影响，以“新视觉”为动力的面貌显现出来。用当时流行的话来说，“新视觉”达到凝练美术、“推进商业”的作用，艺术家销售自己的作品天经地义，学院派作风的艺术家在商业世界中渐渐失去了统治地位，这也就为风格多样的商业摄影起了催化的作用。尽管商业摄影家的创作受到广告语言设计者框架的限定，但作为富有个性的商业摄影家，已经有能力调整或增强摄影家在这一领域中所处的偏弱的位置，从而创造出越来越多的富有个性的商业摄影作品。

浪漫豪华——好莱坞风格的商业摄影：

接下来，好莱坞风格开始向商业摄影渗透。30年代，好莱坞浪漫电影风靡全球。好莱坞式的浪漫主义是一种强调戏剧化效果的表现方式，非常注重画面中总体情绪、感情和幻觉的综合力量，以产生一种比现实生活更为理想化的浪漫情调。由于好莱坞电影所构成的强大影响力，以及对人们审美空间潜移默化的冲击，在广告中选择相似的表现手法，也就水到渠成了。

商业摄影仿照好莱坞风格，主要以平均而柔和的高光、重点光，辅之以柔光技术为主，在突出强光的同时使照片产生柔和而朦胧的艺术效果。现场布置的背景也浪漫而富有想象力，比如配以豪华的缎子背景或是彩色绘制的幕布、道具和装饰品来拍摄香水瓶、打字机或是其他商品，让人如同坠入梦幻之中。

同时，在这十年中，由于商业摄影的巨大影响力和广告拍摄者的非凡才能，“商业摄影师”开始被确认为一种固定的职业，从而对培养商业摄影的市场起到了推波助澜的作用。

赵景亭的时装画面则带有超现实主义的风韵

新闻风格——小型相机介入商业摄影：

小型相机介入商业摄影后，也从某种意义上影响了商业摄影的风格转变。30年代的摄影界，商业摄影的进展受到了高档小型相机出现的影响。特别是著名的徕卡、蔡斯和尼康小型相机的诞生，使商业摄影出现了抓拍的可能。商业摄影的画面显得更为轻松、活泼多变和动感十足，尤其是糅入了丰富的新闻性。1936年，从《生活》杂志创刊号开始，35mm小型相机开始成为许多摄影爱好者的必备相机，商业摄影师也不甘落后，在华丽的设计中加入抓拍手段，使画面生动自然。摄影家罗斯就曾经动用了100多个模特儿，让他们出现在“安排好”的晚会上，纵横抓拍着广告主微笑地迎送“客人们”、喝酒、品尝斯帕德烟草的场面，使这一著名品牌的烟草广告大获成功。当时斯帕德广告代理商有一句广告语：“我时时都为被罗斯的小型相机侵吞而担心着。”

从心理上分析，采用大画幅相机拍摄的画面豪华、细腻、典雅并具有逼真的效果，很容易真实地刻画产品的特点，也适合弥补当时照片复制或印刷过程的细节损失的不足。但画面的静态效果看多了也容易使人厌倦，而小型相机抓拍动感画面的广告作品的出现，自然迎合了一部分人求新的口味，同样也就为商业摄影注入了新鲜的血液。自此以后，这两种风格样式的创作手段几乎并行不悖，在不同的方面满足了不同产品、不同客户的具体要求。

新写实主义——战争时代的商业摄影：

战争时代的新写实主义（又称为新现实主义）是商业摄影的一种新样

好莱坞明星的出场自然为浪漫的商业摄影添加了情趣

Tips

斯顿的名言

德国摄影家夏·斯顿说：由于电影手法被长期使用着，摄影进入画页，一般读者觉得是从影像到小说那样，可培养普通读者（对摄影而言）的趣向和理解力。这种相互刺激的作用大大迎合了消费者的口味，获得了很大的成功。

式。40年代，烽火硝烟的战争期间，一切讲究实用，商业摄影也因此变得更为直接，几乎所有的广告图片都采用纪实风格，以更为精确、细腻的手段展示商品的特征。由于这时的摄影设备和感光材料已大为进步，从而为新纪实奠定了坚实的基础。

战争造成了所有物资的供应不足，广告似乎失去了存在的理由。于是严峻的形势考验着广告代理商的存在。战争使人们再次认识到时间的重要，所有的文字和形象都要求具有尽可能强的诉求力，这就必要增添强有力的形象语言，更直截了当、直奔主题。

当然，这种新闻摄影风格样式的纪实广告样式，与前面提到的简单的写实广告有着本质的区别。简单的写实商业摄影只是一种粗糙的图解方式，而且所占的地位也是不显要的。而后者不仅仅是得到了摄影技术的强大支持，使拍摄的画面细腻逼真，纤毫毕露，更重要的是以直截了当的方式和巨大的画面强调无法回避的视觉冲击力，让人过目难忘，并得以迅速的接受。所以当时老一辈的写实主义摄影家不无感慨地说：新写实主义的摄影真是一种“残酷的”现实主义。

50年代后的商业摄影：

在当代商业摄影中，现代高科技与商业摄影的关系已经十分密切，自然也影响了其风格的形成。为了证实摄影在广告中的力量，50年代开始，就有摄影家试图向大众比较手绘插图和摄影手法在广告中的优劣。有人将完全相同内容的广告，用不同的技法来表现，然后分别刊登在杂志上征求意见。读者的反应是有半数以上相信摄影在广告中的使用优于手绘插图。

于是，摄影与插图在广告的竞争中逐渐占据了主导地位，这一激烈竞争的背后，一方面有着强大的技术力量的支持——摄影术的高度发展，特别是彩色摄影的完善，

Tips

摄影年鉴

1959年的摄影年鉴这样描述：“因为看到了理查德·阿威顿、巴特·斯当和其他成大气候的摄影家的作品，才有那样有高度、独创性的摄影报道和摄影广告的诞生；才有一个新时代的开始，随即摄影也就担负起重要的任务。凝聚着广告内容的摄影形象，取代了文字的概念……物象的色彩与设计意念的结合，如今，作为主体出现在摄影之中。作品质量的成功与否，就必须有摄影师和设计师双方和谐的配合……”

小型相机的出场为商业摄影增添了自由的活力

战争时代的商业摄影回归自然

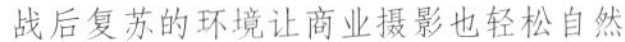

战后复苏的环境让商业摄影也轻松自然

当代商业广告摄影的风格不一而足

还有强力电子闪光灯的出现，都为现代商业摄影注入了新的活力。另一方面，富有个性的摄影家也异军突起，使商业摄影的舞台上好戏连台。

在六七十年代，摄影广告又进入了一个返璞归真的年代，一些特殊的刺激和独创性，或是呈现在作品中的惊人的才气，在人们的眼前消失了，极端特写的镜头也不见了，取而代之的是“真实和幽默”。正如著名的广告专家亨利·乌尔夫所总结的：“所有的广告，最最重要的因素，那就是：真实和幽默。”因此，“照相，是注入产业界的一种艺术形态。……幽默和美的感觉、魅力，以及巧妙的构思都是必要条件。”

进入80年代，随着经济的进一步复兴，广告业中的摄影表现手法又一次展开了梦幻的翅膀，几乎过去所有商业摄影的风格和创新的手段都一并运用，出现了表现奢侈品、星际探索、重大科学成就和科学幻想等各种主题的广告照片。摄影成了产业界老板的艺术形式，追求由语言转向视觉象征多元化和新刺激的竞争变得异常激烈。与此同时，随着商业摄影范围的拓展和对摄影要求的越来越高，摄影师逐渐成为某一方面的广告专家，有比较明确的分工，如食品、时装、汽车等广告的专业摄影师。全方位的商业摄影师几乎不复存在，这也是现代社会发展的大势所趋。

90年代以后的商业摄影，一个最为明显的特征，就是数码技术在广告领域的逐渐普及和广泛运用。数码科技的成果为商业摄影带来了一个快捷、经济、环保的创作平台，同时开启了无限的创意空间，奠定了二次创作的基础，使商业摄影的创作与制作都进入了一个崭新的时期，同时也要求商业摄影师成为知识密集、复合型的人才。

Tips

欧美商业摄影的关系

早期欧洲和美国之间的商业摄影很少相互影响，从一开始它们就各自为阵，朝着自己的方向发展。前者比较传统和保守，后者更为自由开放。然而不管是哪一方的产品，总是以最大的视觉冲击力反映出时尚的发展趋势。在美国，一个重要的源泉就是克拉伦斯·怀特摄影学校。经过专业训练的学生，很快就活跃在20和30年代的商业摄影领域。当时一些著名的摄影家，包括布鲁荷尔、伯克·怀特、奥特布里奇、拉尔夫·斯腾纳以及马格利特·沃特金等都在这所学校执教，将商业摄影理念转换成实践的知识。

Tips

平实的美国商业广告

大部分在美国的广告影像从任何意义上都没有被认为是具有现代理念的。大量的具有直接写实意味的摄影插图用于邮寄的产品目录，大众杂志和商业刊物都充斥了平庸的、多愁善感的图像。然而一些非常具有想法的作品却在一些个体的实验中出现，摄影家的风格不得不受到严重的制约。

4．从个体角度看市场互动

如果从个体的角度研究商业摄影的观念形成，还可以发现摄影家个人风格的形成，对商业摄影的发展有着非常微妙的影响。一方面，具有个性的摄影家始终想将自己的风格特征融入到商业摄影中，另一方面，商业摄影自身的发展轨迹，又对摄影家的创作产生强大的制约作用。

让我们再一次回到商业摄影的初创期。在一次世界大战后，公众的审美趣味主要趋向于这样的状态：对机器时代流行的欲望，要高于手工产品的开发。这样就使照相机所制造的图像传播，通过静止的图像在广告中被公众所接受。更为重要的是，照相机所产生的真实的力量，在广告中不仅可以通过事实起到说服的作用，同时可以通过暗示的方式产生更为有效的刺激力，从而进入了高速发展领域中的被渴望使用的工具。甚至在乌托邦的理想光晕之中，依然可以产生非常优秀的效果，从而清除美术与应用艺术之间的差异，以及艺术和实用对象之间的差异。这样，新的表现样式就在不同的摄影家身上，得到了不同的体现。

一开始，许多摄影家不得不忽略自我表达风格和商业作品之间的区别。广告工业在所有高速发展的资本主义国家里从艺术领域中都接受了这样的观念，并且预言广告将会提高公众的审美趣味，方法是通过糅入最新的视觉观念到视觉传播的空间。

在20世纪30年代，许多有地位的摄影家都曾经在尽量牺牲自己风格的前提下为商业拍摄图像。赫伯特・贝耶、塞西尔・比顿、曼・雷、莫豪利—纳吉、保尔・小奥特布里奇、查尔斯・希勒、爱德华・斯泰肯以及毛莱斯・塔巴德在为杂志、广告

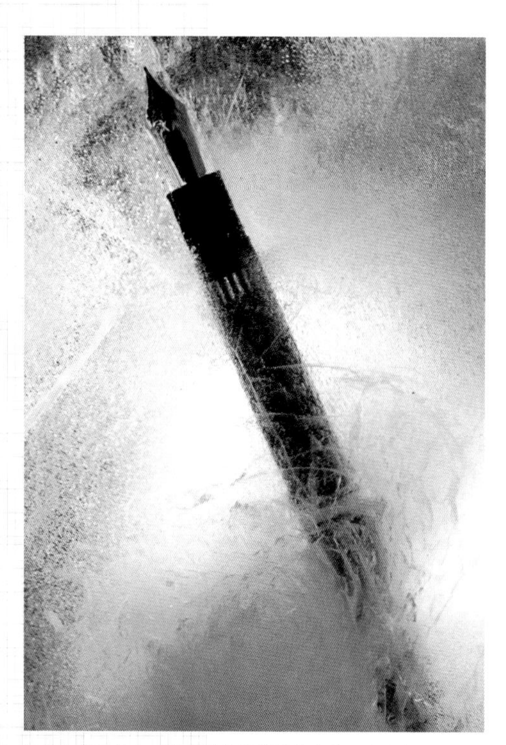

摄影家的风格和商业摄影的推销始终有着矛盾空间

这幅瑞士滑雪的商业广告颇具个性特色

代理商、厂商拍摄商业照片的同时，小心翼翼尝试将个性风格表现在自己的艺术作品中，赢得了批评界的赞誉。为数不少的摄影家，包括汉斯·费舍尔、伯克—怀特、安东·布鲁尔、维克多·科普勒以及尼克拉斯·穆雷都将精力投注于商业摄影领域，并且令人信服地在商业摄影的空间创造了自己的贡献。在远东，日本商业摄影家也和现代风格同步，以各种变形、近摄以及蒙太奇的组合手法，为商业摄影做出了贡献。

返璞归真也是商业摄影求变的重要元素

然而摄影家和商业赞助人的蜜月是短暂的。尽管斯泰肯认为这样的关系应该如同当年麦迪西家族对文艺复兴时期艺术家的支持，但是根据小奥特布里奇的观察，大部分商业摄影家根本无法和文艺复兴时期的宗教信仰和哲学理念相融合。尽管如此，摄影家的商业委托还是在很大程度上影响着摄影，不仅是图像创作的类型，同时也涉及到大众的审美趣味，在某种程度上，摄影家不得不为这样的市场工作。

然而，当时的新客观主义的风格强调客观事物本来的面目，因此受到了极大的推崇。德国的芬斯勒、法国的塔巴德以及美国的斯泰肯，都已经意识到通过对物质特性本身的集中体现，排除其他无关紧要的成分，可以使注意力得到有效的集中。正如在1930年的一份商业摄影的评论文章中所指出的，柔和的如天鹅绒般细腻的质感体现，要远胜于类似铁板的坚硬粗糙。此外，光线和环境设施的控制，也会使产品更为出色。

接下来，摄影家以古怪的影像挑战自然的商业摄影也得到了承认。法国商业摄影家鲁西安·劳伦尔建议说，如果想形成一种震撼，就必须诞生贪婪的欲望。对于一般的无特色的主体，可以选择特殊的角度，或者使用抽象的光线图案，甚至是蒙太奇的拼贴，构成新的景观。在1930年以前，一些欧洲的商业摄影作品中就出现了拼贴的风格，主要的摄影家有曼·雷、莫豪利－纳吉、皮尔特·泽瓦特。他们主要拍摄一些和电子产业相关的产品，一些光学产品，以及为无线电公司工作。芬斯尔和贝耶的蒙太奇手法主要用于巧克力和机器的拍摄，这些变形和扭曲的手法，很快就被人们所接受。然而在美国，过度的扭曲反而被认为是不可接受的，布鲁荷尔、穆雷、小奥特布里奇以及斯泰肯和拉尔夫·斯腾纳，依旧选择了精确的特写方式拍摄可以清晰辨认的主题。甚至伯克－怀特选择了浪漫的角度表现美国工业巨大的力量感，也被认为是对现实的真实反映。最终，蒙太奇和多次曝光等曾经主要用于时装和电子产品的方式，在二次世界大战以后进入美国，更多地转向用于日常的消费产品。

Tips

早期中国商业摄影

尽管从20世纪30年代起，随着上海等大都市的商品经济的发展，广告宣传样式已经呈现出丰富多彩的格局，但是受制于摄影技术的水平，广告中使用摄影作为宣传手段，还是凤毛麟角。在新中国成立以后的一段时间里，因为商品经济不够发达，商业摄影在中国也几乎是一个空白的领域。在60年代，一些摄影师开始尝试用摄影作为传播媒体，并在报刊杂志上也出现了一些商品照片，但是无论从拍摄的创意还是从技术手段上看，都是和国外的商业摄影有着相当大的距离，严格地说，只能属于一般的产品摄影的范畴，还没有真正形成具有个性的商业摄影市场。

Tips

当代中国商业摄影

1979年，上海率先恢复了广告业务，并在1985年之后形成了迅速发展的势头，尤以广东等南方沿海城市领改革风气之先，对商业摄影起了推波助澜、铺路搭桥的重要作用。国家经贸部曾经在1985年和欧洲共同体联合举办高级商业摄影学习班，培养了一批有潜力的商业摄影师，为中国商业摄影的发展奠定了基础。来自全国外贸系统的48名学员，后来成为中国广告业的精兵强将，以精良的设备、广泛的客户群、丰厚的实力走向市场经济的大潮之中。

对商业摄影的创意成功与否要有一个度的把握

在二次世界大战以后，大量的新闻摄影记者继续出现在广告领域，他们将广告与新闻的样式混杂在一起，重新恢复了30年代曾经在《财富》杂志上出现过的风格特征。甚至在经济最为萧条的时期，文章中的插图依旧得到很好的发展空间，摄影和设计的艺术作品在美国的公司中有着积极的影响力。尤其是伯克－怀特面对的巨大的工业空间，她为《财富》杂志拍摄的许多画面，不仅得到了制造商的认可，同时也受到了摄影家的赞赏。这样，新闻摄影样式的广告作品就处于一个很奇妙的地位，并且在当代摄影的分类中很难找到它们自己的位置。

然而摄影家自身的风格特征依旧很难在商业摄影中得到更多的体现，他们只是通过自身的努力，尽可能多地发挥个体的审美趣味。不管是拍摄工业设备还是昂贵的消费品，所谓的风格样式大部分都被控制在制造商和广告代理商手中，而不再属于个体的摄影师。设计出对绝大部分观众具有吸引力的作品，不再是一种个体的行为，图像本身也呈现出大量的模仿倾向。同样在这一时期，在强调商业摄影真实性上，美国依然要胜于欧洲，并且在日常生活中扮演更为重要的角色。而欧洲的风格依然保持了视觉实验的探索，并且将摄影和图像设计结合得更为紧密。因此，相对而言，欧洲的摄影家可能具有更多的表现空间。

思考练习

1. 摄影术的诞生与商业摄影有哪些最为密切的关系?
2. 早期商业摄影有哪些重要的基本特征?
3. 商业摄影的传播在本质上具有什么样的重要价值?
4. 为什么说商业摄影与商业环境是一个互动的过程?
5. 商业摄影的风格在最近100年中有哪些明显的变化?

目　的 _ 了解商业摄影如何以真实、直观、形象、艺术等特色表达客观世界和人们的思想情感，并以特有的图像传播信息功能成为无国界的共通的语言。

要　点 _ 客观地认识商业摄影的现状和地位，是深入了解现代传媒方式非常重要的一环，也是定位的关键。

学　时 _ 12课时

第二章 / 商业摄影的准确定位

尽管摄影术的诞生才一个多世纪，但其发展速度和对人类社会产生的影响是无法估量的。它以真实、直观、形象、艺术等特色表达着客观世界和人们的思想情感，并以特有的图像传播信息功能，已成为无国界的共通的语言。纵观当代商业摄影的现实地位，我们可以发现它一方面在公共传播领域呼风唤雨，迎合商业环境迅速变化的大趋势；同时它也以循序渐进的方式，冷静地寻找每一个突破口，介入它所可能发挥作用的领域。因此，客观地认识商业摄影的现状和地位，是深入了解现代传媒方式非常重要的一环。

一、商业摄影的社会文化定位

1. 基本定义和基本特征

在对商业摄影做出精确定义之前，有必要先对商业广告本身有一个明确的了解。在《辞海》的条目中，广告就是向公众介绍商品、报道服务内容或文娱节目等的一种宣传方式，一般通过报刊、电台、电视台、招贴、电影、幻灯、橱窗布置、商品陈列等形式来进行。而在权威的英文字典中，广告的定义则为：一种让公众对商业感兴趣的方式，并激发公众购买欲望的手段，主要通过杂志图片、报纸信息以及电视或电台等图像及声音等媒体进行传播。

而商业摄影则是以商品为主要拍摄对象的一种摄影，属于实用摄影的领域。它是传播商品信息、促进商品流通的重要手段。商业摄影通过反映商品的形状、结构、性能、色彩和用途等特点，从而引起顾客的购买欲望。随着商品经济的不断发展，商业摄影已被广泛用于商品包装、橱窗宣传、时装展览、广告栏和报刊杂志上的商品广告，同时在网络等一些新兴的媒体上也逐渐成为重要的传播方式。当然，构思巧妙和画面新颖的商业摄影作品，也可以跳出实用摄影的范畴，成为优秀的摄影艺术作品，赢得独特的艺术地位。

从更为广泛的文化范畴出发，广告已经不是单纯的商业行为，由于它和整个商业社会同步的特殊关系，已成为现实生活中的一面镜子，社会发展的一个记录，世界文化、风情的大看台。无可置疑的是，当代广告已成为一种世界性的艺术。作为商业传播的一个重要手段和媒体，商业摄影也以其独有的魅力，以其图像化的视觉特征，成为整个世界文化的一个独特组成部分，在满足传播商品信息的前提下，以一道美丽的人文风景，构成了现代生活必不可少的视觉屏风。

为了深入对商业摄影的功能加以评价，我们不妨可以将商业摄影与一般的艺术摄

Tips

商业摄影定义

随着传播媒介的不断增多，在广告定义的大前提下，我们可以这样定义商业摄影：通过摄影手段以平面图像为主要传播方式的广告宣传，其中介媒体主要有报纸、杂志、招贴、样本、户外广告、网络等。

都市中的商业摄影广告都有其准确的定位

橱窗广告的传递空间有其针对性

影作品加以比较，从而更为清晰地认识商业摄影的主要特征。尽管商业摄影同艺术摄影有着千丝万缕的联系，但从实际情况看，还是有明显的不同，它们的主要区别大致有以下一些：

作为信息传递艺术的商业摄影

首先，商业摄影作品以传达信息为主要功能，因此属于实用艺术的范畴，从现代传播功能的角度理解，也可以称为信息传递艺术；艺术摄影作品则以欣赏作为主要功能，是一种主要涉及审美的欣赏艺术，供人们欣赏以达到精神上的满足。这样，商业摄影就必须以追求实际传达效果为目的，具有十分明确的市场目标和宣传目标，要求针对目标市场和目标用户而拍摄制作，并且注重时效性；而艺术摄影以作者个人感情抒发为目的，一般均无明显的目标性，不是针对某一部分人而制作，也谈不上真正的时效性，特别像风光、静物摄影等。这样就可以进一步看到，商业摄影的信息传达必须清晰、准确，防止误导，它的评价标准虽也重视思想性与艺术性，但融合了更为复杂因素：对商业摄影作品本身的评价及其广告效果的预测，是在整个广告推广活动终结时来检查商业摄影作品所产生的广告效果——也就是经济效果和社会效果；而艺术摄影的主题创意追求多方面的审美反映，以思想性与艺术性高度完美的统一作为一般的评价标准。

具有较严格规定性的商业摄影

从拍摄者的角度出发，我们可以看到，商业摄影的构思创意受到被宣传商品的广告策略制约，具有较大的局限性，特别是商业摄影构思创作讲究定位定向设计，在内容的表现方面，围绕广告目的而常常有严格的规定性；但作为艺术摄影的构思创作，则可以不受这种制约，有着广阔的翱翔天地。艺术摄影可以追求别出心裁，别开生面，一般说来有较大的表现自由。这样，商业摄影必须努力讲究商品的个性与风格，常常将个人风格隐藏在后面，或力求以服从商品的需要为主，不然很难达到预定的目标；而艺术摄影则讲究创作者的个性与艺术风格，力图以凸现或强化个人风格为终极目标，它的发挥可以说是无限制的。

受到媒介制约的商业摄影

由于商业摄影作品的发布必须通过具体媒介，受各种媒介的制约，不是你想在什么地方发表都可以的，而艺术摄影作品的发表可以不受媒介的制约，甚至还可以不发布，留作自己欣赏。进一步观察与媒体的关系，不管商业摄影最后通过什么样的媒体发布，它终将是一种综合性的集体劳动（其中包括美术设计，文稿写作等），创作过程直接从属于销售推广活动，不可能独立存在，而艺术摄影一般是以个人创作方式进行，是相对独立存在，创作也是充分自由的。反过来从接受的层面考虑，商业摄影创作时要照顾到商品不同消费层次，或者有针对性地根据不同层次的

鲁特林格工作室的时装摄影始于1902年，作品已经具有推销的力量

激发消费者的购买欲望是商业摄影的终极目的所在

煽情的气氛会贯穿商业摄影始终

消费者进行创作，不然就会难以达到应有的效果，而艺术摄影创作时一般情况下可以不考虑读者的欣赏层次面，让读者自由选择，仁者见仁，智者见智，也不会损害艺术创作本身的审美力量。

具体来说，如果从“明确的购买欲望”这一点上进一步分析，采用优美动人的照片做广告，不仅仅是具备比较宽泛的刺激购买欲望的目的，真正优秀的商业摄影作品所刺激的购买目的性还必须相当明确，也就是要具体到商家所指定的某类商品。比如说一幅以摄影画面为传播媒体的汽车广告，不是让人们简单地想到：我要买一辆汽车，而是让人们这样想：我就是要买画面中的那种品牌的汽车。这就是评价商业摄影的最终标准。偏离了这个标准，就难以算作真正的优秀商业摄影。

如果我们更进一步考察摄影在传播媒体中的作用，作为商业艺术的商业摄影，在商品宣传中有着无可比拟的优越性。首先是表现在它具有引人注目和易于表达情感的特点——摄影画面的真实性使人们很容易一下子进入“状态”，从本体上符合人的视觉心理感受。而且摄影画面还可以在真实的基础上发挥想象的力量，煽动人们购买或参与的热情，突破情感的薄弱防线，形成深刻的印象。

Tips

商业摄影评价标准

通过对商业摄影和艺术摄影的综合比较分析，我们不难看到，商业摄影的力量在于更多地吸引人们的注意力，引起人们对商品的购买欲望，它的实用功利性相当明确。尽管从宏观的角度分析，商业摄影和艺术摄影也有一定的关联，但商业摄影不只是以艺术的美感来评定的，主要衡量的标准是看它能否把商品推销出去。商业摄影的创作始终是以市场为基础，以消费者为中心，不能以个人感受为基础，以艺术形式为中心。这就使商业摄影的艺术创作带有鲜明的实用功利性的特征。

2. 从传播学角度看商业摄影

如果从传播学和审美空间的角度审视商业摄影，还可以发现它所具有的一些特殊点，尤其是它和受众之间的关系，构成了它在传播领域的功效和商业领域的优势。

商业摄影之所以能够引起人们对它的广泛兴趣，主要在于它是以科学的手段去记录对象，又是从艺术的角度去创造对象，同时以直观的、富有吸引力的效果去引导对象。

现代社会科学理论发展的一个重要特点就是大量边缘学科的兴起，并相互渗透，在实际运作中得到论证和承认其本身的价值。从信息论和传播学的角度，可以肯定商业摄影的“内涵”和实用“价值”：人们在观赏商业摄影作品的同时，也已经接受了传播的方式和作品的内涵。关键是观赏者如何去接受和把握的问题：按照信息论的观点，人对客观世界的认识，实际上是对各种信息的一种立体把握。

随着社会的进步，生活节奏的不断加快，人们越来越倾向对图像的接受。因此商业摄影师理所当然成为信息传递的使者，比一般人对企业商品的感受，包括市场消费

街头的橱窗广告是商业摄影传播的主要途径之一

Tips

商业摄影的优越性

商业摄影的优越性还表现在制作的迅速上，一幅照片的获得远远快于一幅绘画插图完成的速度，画面的画幅越大，画面的复制越多，也就越能体现摄影的这一优势。而且由于现代印刷复制技术的飞速发展，照片的真实生动性能够得到完美的再现，更使人们对广告客户增加了信赖感。这种信赖感既刺激了商品的流通，又反过来确立了摄影在商品广告中的重要地位。

者的心理研究，更显敏感，需要提前接受，并充分发掘、提炼现实中的信息，并将其运用到商业摄影作品中去，让消费者在观赏作品的过程中接受信息、增加记忆、形成欲望、产生消费。我们可以通过一个简单的流程来考察广告传递的功能：

企业（商品）——营销（广告公司）——媒介（传播）——观众（消费者）

其中优秀的商业摄影师所介入的空间，可能都会涉及到这四个部分：了解商品的特征，参与广告公司的策划，懂得不同媒介的传播功效，熟悉消费者的心理。

尤其是从信息论的角度来看，摄影师与观赏者之间的关系，一个是在其作品中注入信息，另一个是从信息中提取需要信息的过程，是一个逆向思维的过程。商业摄影是根据自己对产品的理解和生活的积累，感性和理性的认识，达到对特定信息“把握”和“浓缩”，并物化为具体的创意形象，通过“物质”的载体传播特定的信息；观赏者在接受信息时，对作品的内涵和信息语言符号进行探究和把握，如感兴趣会思维活跃，启悟共鸣，如不感兴趣，会一扫而过，很少形成记忆。我们应该看到，观赏者接受的过程决不是被动的认知的过程，同样也存在思考和创造的过程，是双向合力完成作品的过程。由此看来，商业摄影要求将更高，必须创造出能够吸引观众、引导观众的优秀作品，能够产生消费结果的视觉作品。

早期杂志上的帽子广告，针对上流社会而设计

同时，美学理论告诉我们：“艺术的完美境界来自于创造者和接受者双方的共同努力。”因此除了商业的引导目标之外，商业摄影的美学应该是研究作品的审美价值，提高人们的审美品

Tips

接受美学

从接受美学的角度出发，一幅优秀的摄影广告作品，作者只需完成60%－70%，余下30%－40%，应该通过引导留给观众去完成，去琢磨其中的广告内涵。只有这样的双向参与，商业摄影的传播才可能达到最大的效应。

早期的蒙太奇海报有着独特的传播样式和心理冲击力

位，满足观众的审美要求的规律和原理。因为只有当受众的审美意识提高了，商业摄影的传播力量也才会随之强化。现代广告所出现的新趋势是："创意走向美学，作品走向美学。"美是一个既具体又抽象的概念，也许是因为如此，美学才进入哲学的范畴。前面说过，商业摄影不是纯艺术，其表现对象是具体商品，所以从美学的角度切入可能会有相当复杂的意味。关键是通过表现外表的美和透视内在深层次的美，并形成统一，才会真正有效。我们既不能忽略商业摄影的商业特征，也不能忽视它所具有的潜在的美学特征，只有两者有机地结合，它的传播效应才可能达到最大值。

有伍德出场的高跟鞋广告，就是利用了名人效应

商业摄影集科学、艺术、文化于一身，具有实用和审美的双重价值。西方一些国家在商业摄影创意设计时，也有一种观点认为必须将对审美性追求放在首位。其理论依据是：人们是追求美的，美是能够吸引人的，吸引人能够留下深刻印象，深刻印象是能够引起心理反应的，心理反应能够引发消费行为。商业摄影目标首先是留住观众的脚步，让观众对作品产生视觉效果，当我们对广告作品商业特色的形象驻足欣赏时，广告就达到了第一个目的——引起注意。所以从这样的角度考察，吸引我们迈出第一步的并非广告本身，而是设计者在作品中融入美学的理念，是"他"抓住了我们欣赏美的普遍心态和普遍适应性。

当然，商业摄影不同于纯艺术，它是商业化的艺术品，是有高科技含量的艺术。既然与艺术沾边，我们就不应该忽略审美及审美心理的研究。而如今在广告中，特别是平面设计和与其相关的视觉艺术，对视觉心理的研究和把握恰恰是创意中的一个盲点。企业关心的是品牌名称是否放在广告显要的位置，一些广告设计创意人创作作品平凡无味，或是盲从追求国外广告所谓的新潮流，脱离了他们真正的广告对象。和所有艺术作品一样，商业摄影同样能带动观赏者的想象力、审美性和情感波动，只是广告作品要利用这些反应达到商业运作的目的。

接下来进一步考察摄影在传媒上的作用，还可以发现作为商业应用艺术的商业摄影在商品宣传中有着无可比拟的优越性。

它有三个特点：

第一个特点是：真实可信度高。

无论是传统的胶片相机还是现代数码相机，都离不开相机镜头的成像系统。摄影160多年的历史告诉我们，瞬间艺术的首要特点就是真实可信，镜头能够分辨出被摄体的造型特征、质感和影调效果，越是高质量的镜头，清晰度表现越好，越是高质量像素清晰度也越好。现代数码技术也越来越体现出这方面的优越性，这是科学，是任何人都推翻不了的事实。摄影特点、特性决定了被摄体表现的真实性效果，很容易一下子抓住观众的视线，符合人们的视觉心理感受。而数字化数码摄影设计还可以在真实的基础上充分发挥其想象力，特别是画幅越大的广告作品越能体现这方面的优势。现代摄影制作材料的发展飞速，提供给商业摄影多样性的选择，大底片成像、数码写真、彩色喷绘、激光打印、高质量印刷制版、三维动画设计等，使图像真实生动性得到充分的体现，无意中增加了消费者对企业的信赖度，这种可信度也促进了商品的快速传播和流通，反过来更加确定了商业摄影在商业中的作用和地位。

画面具有审美价值，更重要的是推销的力量

第二个特点是：快捷、时效性强。

商场如战场，在市场营销战略确定后，广告宣传强调快捷、时效性，机不可失，时不再来，慢一拍往往会给整体企划造成无可挽回的经济损失。商业摄影以其本身的特点能满足企业快速促销的要求，特别是现代数码摄影技术，无须暗房冲洗，无须放大制作，取消了不少的中间环节，拍摄可现场通过电脑看效果，及时调整比例、构图和用光效果。一些重要的拍摄过程，企业的客户主管往往出现在现场，摄影师也及时与企业、广告公司的设计人员商洽沟通，随时做出必要的修正，大大提高了完稿的效率，减少了不必要的经费开支，缩短了整体的制作周期。

第三个特点是：可供广告媒介选择的范围大。

可供商业摄影登载的媒介繁多，从常规的四大媒体到产品说明书、样本、广告招贴、DM、POP、灯箱、路牌、车体以及博览会、展览会、展销会等，凡可供商品促销及公众宣传的“阵地”均可作为商业摄影发布的媒介。

选择媒介一般情况下是根据广告策划营销的战略、企业的要求、商品的特色及市场情况来决定。一般情况下商业摄影

哈辛克的车模广告影像，具有人性的力量

拍摄之前，广告媒介已选定，商业摄影师就可以根据不同媒介的特点和发布效果来创意、设计制作商业摄影的作品，真正做到有的放矢，特别是根据媒体画幅的大小，可以科学地设计出制作的精度，解决其技术问题。

3．商业摄影的国际评价标准

现代商业摄影的评价标准是多方面的，我们可以从不同的角度加以考察。

首先，优秀的商业摄影必须具有鲜明个性与感情振幅。

商业摄影的宣传主题是特定的，是客户指定的商品或劳务。商业摄影既要求传递商品的形貌的信息，又要通过形象去打动消费者。因此，商业摄影师必须以鲜明、生动、新颖的个性使消费者的感情产生振动，其振幅越大，促销作用就越显著。

从信息传播的角度考虑，由于不同地区、国家、民族之间的语言文字存在着巨大的差异，人们在信息交流的过程中，存在着许多沟通的障碍。而随着市场经济的发展，广告信息的传播不再仅仅局限于一定的地区和范围，这样摄影语言就以其具体的形象性占据一定的优势，以其人类共同享用的视觉形象符号，成为沟通世界的共同“语言”。从这样的意义上说，商业摄影首先应该具备的就是通用的形象创作语言，以其广泛性成为沟通人类与商品的渠道。但如果就以此为理由抹煞了商业摄影的个性特征，也容易削弱商业摄影传播的目的性，难以真正发挥其巨大的传播作用。

当然，正如前面所论证的，商业摄影的鲜明个性是建立在具体商品基础上的，而不应该成为摄影师本人的个性符号，它要求通过画面的力量激发起消费者的情感振幅，让他们在冲动中不由自主地进入购买消费的渠道，达到商家需要的功利效果。举个最简单的例子，在一幅以商品为主体的商业摄影作品中，摄影师通过巧妙的构思，让消费者感到这一商品可以给他带来实际的利益，从而激发起他的购买欲望，完成了

Tips

康定斯基论视觉

康定斯基在《艺术的精神》中指出：“只要有明亮的色彩，眼睛就会慢慢被强有力地吸引住。如果是明亮的暖色，吸引力则更强。”康定斯基其实也说出了商业摄影这一层审美要素。

泰曼将西方模特儿置于东方明珠的背景下，是煞费苦心的选择

奈特拍摄的施华洛世奇广告具有世界性的传播力

商业摄影的既定目标。但在这一过程中，消费者不会记住商业摄影的拍摄者，也不会对画面的创意风格留下有目的的关注。这样，摄影师永远只是一位“幕后英雄”，他只能以满足商品广告的风格特征为终极追求，只能在对客户的“煽情”上尽最大的努力，这也是不言而喻的。

优秀的商业摄影还必须具备一定的自由空间和相应的技术技巧。

尽管在商业摄影过程中，商业摄影师的个人风格受到了一定的限制，但商业摄影在创作上依旧有它特定的自由性，也就是说有比较广阔的自由空间。商业摄影师只要能满足商品或劳务的具体传播目的，就可以大胆构思，不受时空的更多限制，也就是说可以“不择手段”。相比较而言，商业摄影不像新闻摄影等受到真实性、现场性等诸多局限。因此在具体创作上，商业摄影侧重艺术构思，要求主题先行，也就是先有了具体的商品或劳务对象，再自由发挥。而新闻摄影和一部分艺术摄影是在“选择”形象，摄影师是在寻找符合自己感情抒发为目的的对象进行创作，而商业摄影对主体形象上没有选择权，而只能围绕这一主体“创造”新的形象。从这一点引申出去，商业摄影的虚构色彩和主观色彩非常浓郁，并要求同时也将这种感情色彩尽最大可能地“传染”给广告对象。

前期的精心策划，是决定商业摄影成败的重要环节

由于广告是商品竞争的前奏，因此摄影师的思维与技巧必须先于或同步于各种商业因素的变化，才能创新。这样在表现手法上，商业摄影又比一般的艺术摄影讲究更为丰富的技术和技巧。然而这种技术和技巧的美感是建立在如实地表现商品美感的基础上的，因为商品的美感直接来源于商品自身的功能，如实地表现商品的美，在某种程度上也就同时体现了商品的品质与功能。反过来，商业摄影要求技术与技巧的运用尽善尽美，无可挑剔。因为画面上的微小疏忽与失误都可能使顾客联想到商品的质量，产生对商品（而不是对摄影师）的不信任感，从而影响商品的销售。因此，一些商家为了达到这样的目的，甚至不惜一掷千金。

如果从商业摄影的国际化角度考虑评价标准，关键应该重视商业摄影与策划的关系。

就像新闻摄影是整个新闻报道过程中的一个环节，商业摄影则是总的广告策划过程中的一个节点，从总体上必须服从广告策划的需要，不能异想天开，游离于总体策划之外，否则商业摄影就只能成为一种艺术欣赏性的摄影方式，失去其实用的价值。让我们先从广告策划的过程开始，逐渐走入商业摄影，在把握它们两者之间的关系后，或许就能加深对商业摄影的理解。

一个成功的广告策划，大致可以按照下列的创作程序进行：

首先是收集和研究广告的产品和市场情况，只有把握了足够数量和足够精确的资料，才可以做到有针对性地策划；接下来是孕育构想意念，这是一个在大量资料的基

Tips

消费者的再创造

当消费者在欣赏广告作品时，他们除了通过“潜意识进行最真实的交流”（弗洛伊德），还有一个再创造的过程，每个观众都会通过自己的世界观、人生观、社会生活体验、艺术素养和文化修养对广告作品进行独到的评审。广告创意审美性的把握直接影响消费者的心理活动和传播效果，反过来消费者也有一个再创造的过程。

一个出众的创意，可能就是一个团队合作的过程

万宝路的广告最终定位于硬汉形象，是和品牌的消费市场相吻合的

础上苦思冥想的过程，在这一反复思索苦心追求中还必须时刻注意把握灵惑闪现；然后拿出方案，并可能经过多次的验证、修改、调整才能最终完成。

具体来说，广告策划孕育的过程可以有多种方式，而比较重要的细节主要有这样一些：

在收集资料的过程中注意拟定难题之所在，只有找准了难题，其他问题就容易解决。在思考的过程中，要想出基本的意念作为线索，然后建立完整的意念，通过修改，确定最后的意念。方案完成后，用实验及其他方法比较各种答案，从而决定并执行最后的答案。应该注意的是在整个策划的孕育过程中，应力求意念单纯清晰，这是十分重要的。同时在一个广告结构中，应该只有一个单一的销售意念，企图让广告担负更多的销售内容，是难以使广告获得成功的。

同时我们还必须强调商品特征与商业摄影之间的关系。

在商业摄影中，可以协调设计风格与摄影风格，而不应强调设计风格与摄影风格。对于广告而言，往往只有商品风格。因为摄影师作为个体艺术家来说，应该有自己的个人风格，可以表达自己的个人感受、个人情感、个人风格，可以不顾及是否能为大多数人接受，可以表达自己心目中的艺术，可以跟着感觉走。而作为与设计师配合的摄影师，就必须围绕设计进行制作。根据设计的要求，运用各种技巧拍摄，从而达到设计的效果。作品出来后，自然就不仅是摄影师的个人风格了。当然，也不能说是设计师的个人风格，因为在广告领域，可以有个人风格，但不应该强求个人风格，一切都应该围绕商品及其定位进行设计。在这之前，有大量的准备工作要做，例如市场调查、分析；确定商品的品味，投放对象，还有客户的要求……这时候的设计，是为了表现商品风格，而不是表现个人风格。风格是形式，而商品特性才是内容，不同的内容应有不同的形式，形式是为了更好地表现内容。一个好的设计，要被大多数人接受、喜爱，设计师就不能因为自己喜欢某种风格，而让商品也去追求这种风格。如果要有风格，摄影师和设计师应该追求的是风格多样化。归根到底，广告是为产品服务的，摄影师和设计师应该可以适应各种产品的需要，表现也应该是多样化的。这里面的辩证关系，不妨用一位国外专家的话来归结："广告的创意理念比外在形态更重要，有了优秀理念的摄影，就没有必要一定要天才的按快门的手指。当然，倘若没有优秀的媒体，即使有了优秀的摄影家，也产生不了优良的技术。优秀的理念和优秀的摄影师，如果都具备了，那么，产生具有永恒生命力的杰作的运气也就形成了！"

二、商业摄影空间的多元化

1. 多元之一——精湛的技术

强调商业摄影精湛的技术特征，最基本的标准就是极致的清晰和细腻程度。

所谓极致的清晰，是指商业摄影中的被摄体所有可能的细节都被清晰地展现在画面中，让观众能够领略每一处局部的细节，详细了解被摄体的特征，从而达到商品的推销作用，或者满足顾客的审美追求。在极致的清晰的同时，也包括了所有层次和影调的细腻过渡，这也是保证被摄体的真实感和立体感能够得到良好还原的保证。因此，商业摄影作品对画质的要求是格外挑剔的，为了最大限度地保证被摄对象的清晰度以及影像的细腻程度，摄影师会根据实际的需要选择相匹配的感光胶片或者数码成像方式——传统的商业摄影师一致倾向于使用具有极细银盐颗粒的高清晰度专业感光胶片，同时在商业摄影活动中普遍运用较大或很大片幅的胶片。即使是拍摄普通的照片，起码也使用120中画幅相机，而普通的135小型相机并不常用。事实上在以产品广告和工商宣传为主体的商业摄影工作中，绝大多数情况下摄影师都会毫不犹豫地选择中画幅以上的大底相机——理由非常简单：为了通过优质的、大面积的材料确保照片的清晰程度以及影调的细腻和丰富。而在当代商业摄影中崛起的数码成像系统，也以追求极高分辨率的像素为基础，通过价格昂贵的数码成像系统（比如数码后背）满足这方面的要求。

换一个角度考虑，商业摄影作品在实际使用时往往被制作成精美的印刷品，有

Tips

“星球大战”与商业摄影

日本的一家电器公司为了采用超现实主义的画面拍摄自己的电器产品广告，出重金聘请美国“星球大战”布景师协助拍摄，耗资1000万美元，目的就是为了达到天衣无缝的真实效果。

大画幅相机和完美的设备，保证了商业摄影的极致传播效应

对于画面光影的把握，也是商业摄影师所重视的

Tips

商业摄影的世界性趋势

商业摄影艺术化已成为世界性的潮流，作为一种大众的艺术，具有广泛的群众性，是传播信息与观念的有效工具，刺激着新的文化创造，促进科学、艺术、文化的繁荣，促成新的社会观念和新的生活方式的变更，对提高社会生活质量和使社会生活更加有序化、理想化和艺术化有着不可忽略的特殊作用。

这幅商业摄影告诉我们，光影的美和推销的力量是同步的

时以尺寸很大的招贴画形式出现，甚至可能成为巨大的户外招牌。因此，当照片的底片尺寸较大或像素足够时，就相应地降低了实际使用时的放大倍率。以传统的胶片为例：将135相机拍摄的底片放大到8×10英寸时，需把底片放大约60倍，而如果使用稍大一些的120相机拍摄，放大成相同的尺寸分别约等于12至19倍，假如再进一步提高底片的面积，使用4×5英寸底片的话，只需放大约四倍左右，如果使用8×10英寸的相机拍摄，那么底片就不需要放大了，只要通过印相就能得到影像损失最小、品质最佳的照片。所以，从某种意义上讲，商业摄影作品影像上的精致和完美是使用大底片拍摄或高分辨率的像素成像的直接效果。

完美的透视空间，既是技术的，也是艺术的，更是商业的

商业摄影的技术特征还表现在眩目的光影和色彩的构成上。

人们经常将摄影比喻为“光的艺术”。这种评价用在商业摄影作品上是最为典型了。为了充分反映被摄物的各项特征，如形状、色彩、质感等等，商业摄影必须利用可能的自然条件或调动一切人工手段营造出形形色色的光线。在商业摄影活动中，为了一幅哪怕是很平凡的照片，摄影师也会为了光线的运用煞费苦心。任何一幅出色的商业摄影作品都是摄影师驾驭光线的一次成功过程。为了方便有效地运用光线，商业摄影中大量使用灯具，它们名目繁多，功能各异。近年来，随着闪光灯生产技术的进步，各种各样的闪光灯开始发挥出巨大的作用，成为商业摄影的得力帮手。

此外，商业摄影对色彩方面的考究主要表现在两个方面：在通常的情况下必须绝对还原被摄物的真实色彩，不允许出现色彩的偏差；不但颜色的不纯正不能被接受，即使是深浅的不合适（主要取决于曝光）也是不合格的。例如在拍摄人像作品时对人物肤色表现的计较，或是拍摄纯白等单色物体时对中性色彩还原的讲究等等。为了绝对真实地还原被摄物的色彩，不仅对摄影器材的要求较高，而且对感光材料的选用也极其严格。即便这样，仍然可能因为光线的缘故导致色彩的偏差，所以摄影师还必须认真地研究光线，细心地矫正偏色，然后是精确地曝光，最后对胶片或数码影像的加工处理也不得马虎。只有经过严格把关，才可能拍出一张具有真实意义的彩色照片。

第三个技术要点是在画面中构成绝妙的透视效果。

在许多商业广告和建筑摄影作品中，我们可以看到一般相机所完全不可能拍出的独到的透视效果，既赏心悦目，又令人感到不可思议。这类效果的获得，多数是用座机拍摄的结果。座机虽然相貌古怪，并不时髦，操作起来也不方便，但因为具有斜摄功能，因而被称为大画幅相机。大画幅相机最大的优势是可以有意打破镜头主光轴与胶片中心点垂直关系进行拍摄，通过相机上安装镜头的前框架部分或者是接插胶片的后框架部分作上下移动、左右摇摆、前后倾斜，以便拍摄出视觉感受更自然或更新奇的照片。某些普通相机（135或120相机）也可以通过专门的移轴镜头做到这一点，但移轴的程度和操作的便利方面所受的限制较大画幅相机大得多。

大画幅相机独特的斜摄功能究竟有哪些实际的用途呢?

☆**拍摄垂直线条时纠正变形**：这种技术手段在拍摄建筑物时被大量采用，可以在仰视或俯视的情况下依旧把建筑物拍得挺拔笔直。

☆**调节画面的聚焦范围**：较多地用于产品商业摄影，专业相机通过移轴斜摄不但能够拍出仅有局部焦点而景深极浅的照片，也擅长拍摄普通相机镜头无法制造的超大景深。这在静物摄影时有极大的实用价值。

☆**调整拍摄视角**：拍摄照片必然要选择机位，使用普通相机的摄影师为了拍到正面的、没有变形的、毫无阻挡的被摄物体肯定得认真寻找唯一的理想机位，但是有了移轴斜摄的帮助，摄影师就能够创造奇迹，他可以在不动被摄物一根毫毛的情况下将它在取景框里搬来搬去，有时甚至可以不到正中位置而拍到标准的正面形象，轻而易举将画面上讨厌的前景移开，从而为营造理想的画面提供行之有效的技术保证。

如果将前面这些技术要点和商业摄影的艺术要求相对照，就会产生一个技术与艺术相关的问题，也就是它们之间究竟处于什么样的关系。

首先我们可以认识到，商业摄影具有无可争辩的占优先地位的技术成分。

有些摄影师（特别是

以汽巴反转这一几乎消失的技术制作广告画面，自然有其文化背景

Tips

商业摄影的主观色彩

有时候摄影师会根据自己的主观愿望让被摄物染上与其现实状况不相符合的色彩，这时的色彩则成为创意的需求、感染的手段、情绪化的象征。为了达到这种目的，摄影师可以通过选择胶片、运用光线及滤光色片使被摄物带上各种各样或主观或离奇的色彩效果，从而产生强烈的心理刺激，起到推销商品的作用。

涉足商业摄影领域不久的人）时常会发出感伤的叹息：商业摄影重技术而轻艺术。言下之意是商业摄影很难让人施展自己的艺术才华。这话自然有合理的成分。但如果我们理智地看问题就会明白，正如前面所论述的，商业摄影不同于艺术摄影，工艺和实用的成分占优先的地位并不是商业摄影的过错，这是由商业摄影的性质所决定的，所以重艺术轻技术反而是一种错误。但是，商业摄影从不排斥艺术的表现，优秀的商业摄影作品中艺术的含量往往是很高的，只是商业摄影从来都能摆正技术与艺术的主从关系罢了。如果说商业摄影具有两面性的话，那么很显然，表层的一面肯定是技术性，内里的一面才会是艺术性。

所以如果说商业摄影是先技术后艺术，可能就比较客观。

对于刚刚踏进商业摄影界的摄影师来说，适当地克制自己的艺术表现欲望，踏踏实实攻克形形色色的技术难题，才是当务之急。有朝一日，当你成为一个比较成熟的商业摄影师的时候，重新回顾商业摄影技术性和艺术性的辨证关系时，理解或许会更进一步，不再为究竟是重技术还是重艺术而苦恼，也可能经常性地打破商业摄影技术与艺术的内在平衡，让自己的广告作品更多地体现出艺术的品位。这是顺应规律的结果，到那时可能会自觉地将商业摄影重技术而轻艺术的错觉稍作修改，并时刻当成自己的基本准则：商业摄影是先技术而后艺术。

2. 多元之二——完美创意和时尚

完美的创意在商业摄影中也是一个非常重要的组成部分，尽管有时候并不像技术等成分那么显而易见，但是却从根本上决定了一幅商业摄影作品的成败与否。比如通过精心设计的画面就可能融合了广告的创意。

商业摄影作品一定要用摄影语言准确表达自己的意念，因此讲求形象的生动凝练

Tips

商业摄影师的高素质

摄影师光有天赋才气也是不够的，因为决不能满足于做一名技术精湛、经验丰富的摄影师傅，还应当深入了解美学、社会学、市场学、心理学、传播学等多方面的知识，切实提高自己的综合素养，让艺术的感觉滋润着自己的常规工作，力求建立起深厚的文化思维背景，注重培养自身较高的审美品位。

保持和时尚的同步，才是商业摄影的生命力所在

以及画面构成的和谐完美就至关重要。任何一幅商业摄影作品，它的构图都是刻意规划的，其目的是突出产品，吸引观众的目光，从而将推销产品的目的性表露无遗，体现出一图胜千言的实际功效。具有优异构图的照片完全归功于受过严格训练的形象思维以及无所不能的专业设备，当广大观众面对一幅赏心悦目的摄影作品往往会不由自主地心悦诚服，这无疑是对作者创造性劳动最好的奖赏。但他们未必了解这样一幅作品诞生的内幕里往往隐藏着三言两语难以尽述的东西，也只有内行们才能道出要熟练掌握这种本领所必须花费的代价。其实，优异的构图能力来自于严格的专业学习，还有长期的艺术熏陶和艰苦的工作磨练，其中当然包括独特的创意成分。

维尔霍耐特的人工眼睫毛，就和时尚紧密关联

拍摄产品类的静物大多是在摄影棚里，所以可以从容不迫地进行摆布，即使是在工厂或商场之类的场所拍摄，也没有理由仓促行事，于是画面的构图设计就成了首要的任务。对静物产品的摆布造型来说，一定要突出主体，产品上的商标或文字应当正面表现，为了反映被摄物的最靓丽之处，必须深入观察，寻找最佳角度；当被摄体的周围摆放有其他陪衬物品的时候，要贯彻简洁生动的原则，通过焦点、透视、色彩、光线等一切手段让主体成为画面中的视觉重心。当然，画面的构成还有其他要求，比如背景的处理、色彩的整体倾向、拍摄的风格、气氛的呈现等方面均应保持统一和谐，并且巧妙地将创意成分融入其中。

同时，我们如果从更大的范围去考虑，还可以发现时尚是商业摄影的生命所在。

第一是从心理上必须达到引起注意的效果。

不管使用在什么场合，一张商业摄影照片要想引人注意就必须具有新颖的时尚特征，要具有摄影元素的独创性，从画面构图到色彩设计都给人以新鲜的感觉。从审美心理上看，“喜新厌旧”是人们的一种本性，新的事物和现象容易引起人们的注意和兴趣，旧的事物和重复出现的元素会使人习以为常，难以留下印象。再从消费心理上看，具有相当购买力的消费者总是关注新产品的上市，任何商品的“老面孔”往往令人讨厌和沮丧。根据人们在审美上求新和希望产品更新换代的心理，商业摄影用在广告领域，就要锐意创新，追求时尚，这不仅表现在对新产品的宣传上，更表现在如何把旧产品拍出新奇的作品来，迅速引起人们的注意和兴趣。

第二是根据产品的宣传注意不同的宣传时期。

对于时尚的理解，还表现在商品宣传的不同时期。在商品的引入期和成长期，商业摄影的目的在于突出新旧产品的差异，引起消费者对商品的兴趣，其风格特征最好是以新奇为主，这样比较符合新型商品的蓬勃生命力；到了商品摄影的成熟期，新产品变成普及产品，同类产品竞争激烈，要求商业摄影突出商品的优势以及同类产品所不具备的优点，其特征以稳重为好，不能给人留下过于轻率的感觉；而在商品的饱和期和衰退期，为了维持商品的吸引力，可以采用定期引起消费者注意的方式，商业摄影的手段要求稳中求渐变，使消费者不易忘记——这是一个最困难的时期，分寸把握得恰当与否，将直接影响商品的生命力。可见对时尚的理解，也是多方面多角度的。

Tips

商业摄影的针对性

只有从消费者的心理出发，有针对性地进行摄影创作，广告照片才会有吸引力、生命力和感染力。在商业摄影中，新颖性可以令顾客耳目一新，达到视觉上吸引人的目的；诱惑性则可以调动消费者的情绪，在心理上诱发购买欲；含蓄性能引起消费者思维上联想，促生消费探究热情；针对性则能满足多层次消费者的需要，做到有的放矢。

第三就是充分利用时尚的推销力量。

商业摄影的创作始终是以市场为基础，以消费者为中心，不能以个人感受为基础，以艺术形式为中心。这就是商业摄影的艺术创作带来鲜明的实用功利性的特征，也是它和时尚紧密相关的原因所在。

正如前面所说，一张商业摄影作品，不管艺术性多强，技巧上多么精湛，只要它缺乏时尚的“推销”的力量，在进入消费者的视觉领域后，即便引起足够的审美效果，但无法刺激消费者的具体消费欲望或明确的参与激情，就不算是一张好的商业照片。相反，从艺术角度分析，所有商业照片都可能存在明显的不足，甚至可能不符合艺术摄影的审美规律，但只要能和时尚紧密相关，达到“推销”商品的目的，激起消费者明确的购买欲望，就已经完成了它的“历史使命”。所以时尚的力量是无处不在的，关键是如何准确把握，善于利用。

因此，对于商业摄影师来说，很重要的一点，就是必须具备视觉形象的敏锐感。

优秀的商业摄影师们通常对视觉形象具有敏锐的观感，具体地讲就是具有将生活中的散乱无序的视觉信息进行主观安排的才能，善于按照题材的要求和限制，将线条、色调、形状、质感、空间感等基本要素在有限的画面内进行轻松的调度和合理的处置，最终使观众对这些视觉上的美感一目了然并感动不已。当然，更多的摄影师已经不满足于此，他们最关心的并不是自己对技术的把握，而是作品中蕴藏的灵气和内涵，这往往不是和投入的精力与成本完全成等比关系的。优秀的商业摄影师理应具有某种天赋才气，这是和一个人的性格、气质、学识、修养、悟性相关联的。所谓的品位是趣味修养的外露，是激活作品内涵的主导因素，是作者智慧个性的代言人，是成熟通向深刻的阶梯。只有具备了丰厚的思想，才能使自己眼光敏锐，思绪快捷，判断精当，出手不凡，成为行业中的佼佼者。这也充分证明了只有与社会的发展同步，与时尚的流行同步，才是成功的基础所在。

斯沃琪的皮肤，诱发时尚的联想

迪尔特里奇的出场，总是和那一个时代的时尚相关

三、商业摄影的心理层面

1. 从消费心理看商业摄影

如果我们换一个角度，从消费者的心理出发思考商业摄影的创意空间，从文化心理的视角对图像的意义进行深入地考察，也可以发现一些很有价值的参考因素。一方面在创作的过程中要满足消费者的心理诉求点，另一方面则应该在合适的环境中积极引导消费者的审美心理。

汤普森的《诱惑》，给消费者带来的是什么样的感受呢？

从消费心理出发，商业摄影的创意首先要注意摄影元素的新颖性——这一点前面已经结合商品的周期变化有过论述。第二是要注意摄影画面的诱惑性。许多消费者产生购买动机，往往出于感情冲动的因素，特别是具有时间性的商品，如服装、装饰品等，购物的着眼点是放在外观的新颖或炫耀的满足感上，往往缺少或忽略对物质性和实用性的考虑。对此，商品的广告，如果空有吸引人的新颖性，而不利用消费者的感情性方面的因素，就很难吸引住消费者。我们所经常说到的煽情，对于商业摄影的诱惑来说是必需的。商业摄影要对消费者产生心理诱惑力，主要可以从这一角度进行考虑：在画面造型形式新奇的前提下，用光、影、色造成一种令消费者心驰神往的气氛意境，使消费者在陶醉中产生对商品的购买欲望。这种诱惑性往往比简单地强调新颖来得有效，因为它突破了视觉心理刺激的局限，将人的欲望无形中强化了、扩大化了。

第三是讲究摄影构思的含蓄性。从心理上看，一般消费者对单纯形式美作品的美感激情容易产生也容易消失，其稳定性比较弱。所以具有一定意蕴的广告照片，则应该通过含蓄、深沉和空灵的构成，不仅会强烈地吸引住消费者，而且会使消费者在欣赏咀嚼中，滋生旺盛的购物欲，并维持相当长的时间。当然，如果将瞬间的刺激和耐久的吸引巧妙地结合在一起，也就是说既能在第一时间抓住消费者，也能够稳定相当长的时间，就能起到相得益彰的良好效果。

不完整的构图，反而会激发消费者的想象力

商业摄影有其本身的弱点，主要表现为是固定的单幅画面，无法像电视广告那样用连续画面所呈现的生动情节来打动消费者，而只能按照人们审美心理中的“想象”特点，用委婉、迂回的艺术手法来拓展照片画面空间的美学意义。因此，真正优秀的商业摄影作品，在表现形式上，常常不去直接表现被推销的商品，目的就是想通过间接表现的充满内涵、意境深远的画面，使消费

蒙太奇的力量，就在于联想和沟通

刘易的创意，来自前人的启迪，因此也有一定的心理积淀

Tips

创意与商业摄影

创意是现代商业摄影创作中的重要环节，新颖而富于价值的广告创意，是现代商业摄影师所刻意追求的。创意是商业摄影师内心思考的发展，是支配一件作品不可缺少的中心思想和意念，具有直接推进作品构成的原动力。

者通过积极的想象去补充、理解商品的用途，产生更为深刻、持久的印象。至于如何找到冲击力和含蓄性这两者间的平衡，则需要因不同的商品而灵活考虑。

第四是注意摄影对象的针对性。由于社会公众消费群类别众多，心理状态也会有很大的差异。因此，商业摄影创作要根据各个阶层、各种年龄和不同文化层次的消费者的心理状态，做到“对什么人讲什么话”。在拍摄前要注意给消费者定位，要认真分析不同消费者的心理状态以及他们喜欢阅读的画面和刊物，有的放矢地去做广告宣传。除了公众群的分类外，由于地理区域差异、民情习俗不同，商业摄影创作，还要因地制宜，制定切实可行的创作方案。不同地区的人，有不同的消费心理，这对购买行为有很大影响。要考虑到不同地区习俗差异，尊重当地人们的生活习惯和消费习惯，才能收到事半功倍的效用。

从心理学上看，新颖性、诱惑性、含蓄性、针对性也是商业摄影艺术区别于一般的产品摄影的几个重要标志。产品摄影往往只是满足于商品完整与清晰再现，消费者通过照片画面只能了解商品的外形结构和物质属性。商业摄影拍摄的虽是一个个实用性的商品，但是有艺术魅力的广告照片所诱发的美感和商品信息却大大超越了商品本身的物质属性。这种超越，有赖于商业摄影师在准确地把握住不同欣赏品位的消费者消费心理的前提下，用独特的摄影艺术语言和摄影技巧，将其创作意识予以物化的本领。这就是从创意到实施的整个一系列的完整过程。

所谓创意，在商业摄影中最终是指侧重艺术构思、主题先行，它不同于一般的艺术摄影是“选择”形象，而是在“创造”形象，虚构与主观的色彩非常地浓郁。创意就是要求不同凡响，要求在无数的表现手法上独辟蹊径。于是，商业摄影的前期准备工作很重要，你必须面对市场和消费者进行深入调查，然后对产品苦思冥想一番，决定出与众不同的构成方式，然后使用一切可以利用的表现手法，在画面上创造出符合市场需要的东西。

创意是广告的思想内涵和灵魂，是具有感染力和说服力的要素，是向消费者诉求的主要动力，是决定一件商业摄影作品成功与否的内在基础和基本要素。创意是改变消费者思想动机的力量，它能抓住消费者的注意力，使之发生兴趣，作出反应，改变原有的态度，从而采取购买行动。

创意是广告设计人员根据广告主题的表现要求，经过反复精心思考和策划，恰当地运用特有的艺术手段，创造出一个新颖独特的构想、意念和意境的全部过程。创意的中心是新概念的创造，是对一项产品或一项劳务产生新的看法、新的价值观念，这是一项非常艰难的创造性的思维活动。

然而不管怎么说，只有建立在对消费心理充分理解的基础上，创意才不会是一句空话。

Tips

意念与商业摄影

人的意念是人脑对客观事物在社会发展中的反应，是人类思维进步的必然存在的产物。商业摄影的创作意念，来源于人们对广告的宣传活动中，影响着广告的策略、计划和实施的方向，是人们主观意志在客观实际中的表现和反应。

2. 优秀创意的基本评述

了解了消费者的心理，商业摄影师就会有更大的把握，从心理特征的角度，找到创作的有效途径。商品商业摄影和其他艺术创作过程一样，都必须进行深刻的创作构思过程。商业摄影不能是凭空想象地进行，也不单单依靠技术手段就可以完成的，它必须紧密地配合广告意念去完成其使命，而广告意念的产生既和消费心理紧密相关，也和创作者的心理把握能力紧紧相连。于是，商品广告的创作意念与商业摄影的表现方式之间，大致有这样一些关系：

为推销目的服务的商品广告宣传所产生的构思意念，根据各种表现形式的需要，常常突出强调摄影所具有的真实感和艺术感的表现手法。摄影的真实性和艺术性的结合为完成广告意图的手段带来了较为理想的效果，同时也具备了它的特殊性。在这一特殊的艺术形式里，广告性和摄影艺术是有机地紧密结合的，但无论如何，广告性居第一位——摄影艺术手段是为广告的宣传效果服务的。也就是说，在商业摄影作品里，着眼点是突出商品的形象，使广告的宣传对象——商品的消费者或经销商一看，就能对某种商品的形貌、性能、特色、优点等立即留下了一个深刻的印象。正因为如此，研究商品广告的创作意念对于商业摄影创作就显得格外重要。

哈辛克的车模，平衡了创意的空间特征

商品广告对意念的正确构思，可以有以下三点要求：

第一是意念必须完整、清楚。脱离了创作意念的广告也就没有了清晰明确的主题，这样做广告不仅是一种浪费，实际上也违反了最一般的客观规律。正因为意念含糊不清的广告是不能收到商品宣传效果的，所以把握好创意的感觉十分重要，要尽量从消费者的心理需求出发直奔主题，切忌浪费了最直接有效的手段。

第二是意念的产生必须与市场和潮流趋向相符合。作为广告作品的制作者，必须清楚地知道要在图片中向消费者介绍什么。消费者所能接受的范围又如何？你能给消费者什么好处？例如，拍摄服装广告之前，就要先弄清楚你要说明的是这件衣服“耐穿”、“美观”还是“高贵”（这是完全不同的三个概念），从而产生创作意向，确定恰当的摄影方式。在对外贸易广告中，广告照片的表现要有更高的创作意图，要针对不同国家、地区的消费者的心理状况以及生活水平、爱好和习惯。了解这些情况对于确定以什么样的广告宣传方针来配合贸易对策，构思成功的商业摄影意图，都是有益而又重要的。

第三是意念必须有创新。当然，这看上去又是一句老话，但又不得不再次强调。意念的创新，即所谓“创意”。有创新的意念，就可能有成功的广告。广告意念是人们的欲望、感情和意图，它发掘着人们的动机、信条、感觉和情感，帮助创作构思的实现。任何时候，创新总是一种最好的原动力，帮助设计师和摄影师一起达到理想的彼岸。

接下来就可以进一步论述如何把握商业摄影的意念，需要哪些必需的条件？

创作意念的产生，是客观事物的反映，对于商业摄影来说，就是整个市场的需

很难说当年的纸基负片商业影像对如今的创意没有启迪

寻找一个创意的突破口，就是一次成功的尝试

要，消费者的需要，从而成为发挥摄影师主观意识进行创作的前提。有了创作意念，就等于有了整个广告制作过程的灵魂。从摄影师和设计师的角度看，把握广告创作意念要具备的条件主要有这样一些：

一是掌握专业知识，创最佳意念。也许任何一位业余摄影爱好者，在他拍摄的千百张照片中，总也偶然可以挑一两张优秀的作品。但一个商业摄影工作者决不能只靠“偶然”、“运气”，而靠的是他的专业知识和修养。他的每一张照片都反映着多年来专业训练和苦心钻研的成果。总之，广告专业知识和商业摄影技术的掌握，是广告意念准确表现的必要基础。

二是要以敏锐的触觉接受和再现新意念。商业广告是把多姿多彩、变幻无穷的商品世界介绍给大众，而社会科学、自然科学的不断发展，使新思想和新感受不断出现。试想现在再以“质量上乘，实行三包”的观念来做广告口号的话，恐怕不会引起消费者的任何兴趣。所以，商业摄影工作者一定要有敏锐的触觉，必须思想灵活，不断地去接受新事物，研究新问题，迎接新挑战，创作具有说服力、创造力和想象力的广告作品，努力做到商品性、时代性、艺术性的有机结合。

商业广告摄影的魅力，至今仍不可低估

因此，意念是整个广告作品的灵魂，而摄影不过是达到其商品推销的一种手段而已。所以，意念的定位是第一步，也是最重要的一步。

从摄影本身的形式上看，摄影创意设计首先源于人们对传统形式的不满足，无数摄影家在160多年的摄影历史中已经创造了难以计数的形式，使后来者每走一步都会感到异常的艰难。摄影家王文澜说过一段很有意味的话：“我们已经被前辈的杰作驱赶到了可以借鉴而不允许重复的境地了，也许这就叫做置之死地而后生。”他的这段话也同样提醒人们注意包括摄影技术技巧和观念在内的各种创意求新的重要性。

可以看出，创意设计首先要限定一个方向，有一个非常明确的目标，然后才开始发挥创意摄影的原动力——想象，开始画面上海阔天空的创造。事实上，画面上的创意设计并非是那么简单的，由于每一个摄影师都不免经历了一个模仿名作提高技艺入门的阶段，如果只知道因循守旧，时间一长，势必在习惯性的模仿中使构图语言老化，思路狭窄，真正需要创意时，却不知从何下手了。创意是艰难的，唯其艰难，才需要殚精竭虑，努力摆脱既有的习惯思维，走向新的成功。

3．创意策划的目的和过程

现代商业摄影集科学、艺术、文化于一身，具有实用和审美的双重价值。以往在发达国家，一个消费者每天通过电视、广播、路牌、报纸等各种媒体所接触到的广告信息，就已经有1600条之多。而在网络迅速普及的今天，信息量的接受更是难以估算。在如此庞大的广告信息群中，一条广告要想有效地完成信息的传递任务，就要考虑如何运

Tips

商业摄影训练

在广告制作水平很高的欧洲、美国、日本和中国香港，一些专业的商业摄影师通常要接受不少于四年的专业学院培训。目前，在国外最通行而又普遍被认为有效的是“2+2”制，就是两年的普通文凭和两年的高级文凭。在两年的普通文凭课程中，学员要修习一般的设计基础、素描、基础摄影、雕塑、广告技巧、色彩学、字体设计、印刷术及艺术理论等。而在后两年的文凭课程中，学员要接受深入的专业化的学习和训练，包括摄影史、名家作品观摩、摄影光学及化学、户外摄影、新闻摄影、影室摄影实习、器材的熟识和维修、草图制件、暗房冲印和数码处理技术。还要做几个大型的自选项目，直到证明学员本身具有足够的专业知识与独立完成任务的能力，才能取得毕业文凭，成为够资格的商业摄影师。

用最有效的语言，在最短的时间内，引起读者、观众或行人的注意，并给人留下深刻的印象。于是，随着设计定位、定向、定点理论的普及，广告创意应运而生。

然而，商业摄影创意并不是简单的形式构思与表现，而是在市场调研的基础上通过收集和熟悉有关资料，在文案设计、美术指导的配合下确定商品的差异性及品牌的定位等，共同完成创意视觉化的任务。“主题先行”在摄影艺术创作中，往往是不可取的，但在商业摄影创意活动中，则是必不可少的基础性环节。

广告艺术化已成为世界性的潮流——作为一种大众的艺术，具有广泛的群众性，是传播信息与观念的有效工具，刺激着新的文化创造，促进科学、艺术、文化的繁荣，促成新的社会观念和新的生活方式的变更，对提高社会生活质量和使社会生活更加有序化、理想化和艺术化有着不可忽略的特殊作用。

进而言之，商业摄影艺术是一种实用艺术，是一种有目的性的审美创造活动。它主要是为商品流通服务的，有很强的目的性，它首先和直接的目的是促成所宣传的商品或劳务被消费者和用户所乐于接受。因此，在艺术的认识、教育和审美三个作用方面，广告艺术的审美作用占有突出的地位，它主要通过审美作用达到认识和教育作用，对人们的思想起着潜移默化的影响，实现其促进销售的宗旨。

我们平时接触的商业摄影作品，有的平淡无奇缺乏新意，引发不了观众兴趣，留不下任何印象；有的甚至引起心理上的反感；也有的新意盎然，表现独特，令人注目久视或玩味一时，留下深刻的印象。同样是商业摄影作品为什么对人的影响会有这么大的差别？究其原因，除了设计制作上的其他因素外，重要的一点在于有没有表现广告主题的思想内涵和其在深度上的差别，其实这就是创意的高下。

作家和画家在进行创作时，要经过独具匠心的艺术构思，才能把作品的主题思想生动而深刻地表现出来。要创作出好的商业摄影作品，也必须首先赋予作品主题不同一般的思想内涵，即要使商业摄影作品具有新颖独特的创意，通过创意把广告的意念、意境和形象表现出来。

接下来，我们就来大致考察创意策划的基本过程：

成功的广告创意在于它的想象力和独创性，具有鼓动的力量，能使人幻想，而又有积极的说服力，敢于独辟蹊径，不同凡响，开拓广告表现的力度和深度，使广告主题鲜明生动，具有强烈的感染力和说服力。不能大胆创新，缺乏创造力，是无法产生卓越创意的。因此，广告创作人员必须具有创造性思维，要

Tips

奥格威谈广告

著名的美国广告大师大卫·奥格威指出：“要吸引消费者的注意力，同时让他们来买你的产品，非要有很好的特点不可，除非你的广告有很好的点子。不然它就像很快被黑夜吞噬的船只。”他还指出：“如果广告活动不是由伟大的创意构成。那么它不过是二流品而已。……如果海报内容没有卓越的创意，注定是要失败的。”

这些经典的商业摄影，既有传承，也有发展

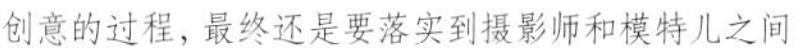

创意的过程，最终还是要落实到摄影师和模特儿之间

斯沃琪新款商业摄影广告，是一次整体策划的结果

能随社会的演变，随时发现新的问题。这种创造力，表现为对任何种类的问题产生和实施比较新、比较好方案的能力。

同时，广告主题是广告表现的基础，创意必须紧紧围绕广告主题，不能偏离或转移广告主题。离开了主题这条轨道，以为越新奇越玄妙越好，势必会影响和误导广告主题。甚至使之模糊化和产生错觉，造成广告主题得不到正确的表现，从而破坏了广告的诉求效果。

创意的中心任务是表现广告主题，主题对创意有决定性的作用，因而在进行创意策划之前，要首先明确什么是广告的主题思想，然后紧紧围绕主题思想进行思考和挖掘，切不可离开广告主题去主观臆断和闭门造车。广告创意的基本条件，就是有关产品、市场、消费者多种实际状况的知识综合。正如广告专家韦希扬所说：广告的创意，是把所广告的商品对消费者的特殊知识，以及人生与世界各种事物之一般知识，重新组合而产生的。

创意产生自创作人员的知识、环境及经验，平时要多注意观察，创作时多从各个角度进行思索，参阅有关资料，借以启发想象力，并采取多画速写性草图的创意图形化的方法，不断进行深化挖掘。

大多数成功的广告创意，是根据人类的需求而设计的，如对食物的欲望、安全的欲望、被人类赞美的欲望、自我表现的欲望等等。当人们的欲望中的一种或几种不能获得满足时，必然会去寻找满足欲望的对象和方法，成为消费者的一种潜在动机。这

Tips

彭立克谈广告

广告作品是否有创意，创意是否卓越正确、充分而深刻地表现广告主题，是决定广告作品成败的关键所在。正如美国著名的DDB广告公司首脑威廉·彭立克说：“我们没有时间也没有金钱允许大量使用以及不断重复广告的内容。我们呼唤我们的战友——创意。要使观众在一瞬间发生惊叹，立即明白商品的优点，而且永不忘记，这就是创意的真正效果。”

一个好的创意，历久弥新

个原理有助于广告创作人员去寻求创意。故而真正能打动人心的广告创意应该在“组合商品、消费者以及人性的种种事项”中去开拓和发展自己的思路。以人为主体的这个丰富多彩的世界，人性是一个内涵丰富的主题，生命的新陈代谢、人的悲哀喜乐、感情的相互交融、对生活的执著追求，构成了极为广泛的题材，为广告创作人员提供了极好的创意基础和条件。

把广告创意写成文案，是广告撰稿人员的职责，而把创意视觉化，则是美术设计和商业摄影人员的职责。这种用语言所表现的一个创意、一种观念，最后被视觉化。这就是所谓的“广告表现”。

最后，一旦将这些创意转化成精彩的摄影画面时，商业摄影师就有理由对消费者说：来吧，让我们一起跟上世界发展的潮流！

思考练习

1. 请说出商业摄影的基本定义。
2. 商业摄影的社会文化空间涉及哪些重要的层面？
3. 如何从技术层面考察商业摄影的定位？
4. 如何从创意层面理解商业摄影的可能性？
5. 商业摄影的心理层面涉及哪些可能性？

目　的 _ 了解商业摄影的专业设备在实用摄影领域的作用，从总体上认识各种专业设施的功能和作用。

要　点 _ 商业摄影的传播在很大一部分领域都将转化成巨幅的影像或非常精美的画面，以达到吸引消费者目光的最大可能。

学　时 _ 8课时

第三章 / 商业摄影专业设备概说

工欲善其事，必先利其器。商业摄影属于摄影的大范畴，但是作为专业的实用摄影领域，又和一般的摄影方式有很大的区别。尤其表现在摄影的硬件设备上，显得更为苛刻。因为商业摄影的传播在很大一部分领域都将转化成巨幅的影像或非常精美的画面，以期达到吸引消费者目光的最大可能。所以，了解商业摄影的专业设备，是商业摄影起步的重要一环。

一、基本设备及常用附件

1. 专业相机的特点与操作

基于商业摄影的特点，用于拍摄商业广告的照相机几乎都是比一般小型相机体形更为笨重、操作步骤烦琐的中画幅和大画幅照相机。也就是使用120胶卷的中画幅相机和使用页片的大画幅相机。

120中画幅相机因使用120胶卷而得名。从相机结构看可分为单镜头反光相机、双镜头反光相机以及平视取景式相机。前两种镜头反光式相机聚焦直观、镜头丰富，可以运用于所有商业领域，然而体形较大、售价较贵；后者品种较少、镜头单调、适应性差，主要适用于非静物类的外景拍摄。

120相机的优越性主要表现在：1．价格适中，即成本和底片尺寸之比合理，使用胶卷时每一卷可以拍十来张照片（6×4.5厘米为15或16张、6×6厘米为12张、6×7厘米10张、6×9厘米8张），拍摄时减少了频繁换片的麻烦，加快了拍摄速度；如果使用数码后背，目前的性价比也容易为一般的中小型商业摄影工作室所接受。2．这类相机中有的自动化程度较高，可以实现自动测光、自动曝光、自动卷片、自动对焦等，有利于提高工作效率、确保拍摄的成功率。3．很多机型拥有大量的专业附件，比如能够更换取景器，可调换各种后背，镜头的素质和专业性也令人信服；4．所用胶卷的品种很多，选择余地大，加工十分方便，而且价格也更加合理。数码后背的种类也是最为丰富的。

使用页片的大画幅相机按底片尺寸主要有4×5英寸、5×7英寸、8×10英寸等数种。这类相机的优点主要表现在：1．底片很大，成像素质一流；2．相机安置镜头或底片的两个平面均可做上下左右前后俯仰的移动，可进行透视的调整和景深的控制；3．根据实际需要可调换各种后背，使用120胶片时可以变换多种片幅，还可以使用一次成像胶片（又叫“波拉片”）；4．不需要附件或特殊镜头就可方便地进行近摄。但是如果想转换成数码后背，目前的成本还比较高，只有少数专业摄影师能够承受。

电子化和自动化在小型相机当中早已成为主流，但对于大底相机来说，这种步伐就缓慢得多。即使稍微轻便的120相机有了不小的进化，但在使用方面仍有不少限制。不少型号的专业技术大底相机直到今天仍然全靠手工操作，似乎和100年前的拍照

Tips

商业摄影的成功途径

工作中的激情，是每一个成功的商业摄影师所具有的共同特征，持续地热爱着自己所从事的摄影，会助你走向成功的阶梯。与此同时，也有一种会让人非常沮丧的局面出现，你自认为优秀的作品很可能会被客户扔进垃圾箱，这会让你从云端跌落谷底，甚至会怀疑自己所热爱的事业，但记住，这永远不是你的职业死亡钟声，既然你选择了商业摄影，在品尝成功喜悦的同时，也要时不时领略到失败的落寞。

商业摄影师的专业摄影器材组合

方式没有太大的本质差别。正因为大底相机具有其特殊性，所以使用中必须遵守一些注意事项。

首先，采用毛玻璃调焦时取景屏上面的影像是颠倒的，120相机左右颠倒，大画幅相机则上下和左右全部颠倒。为了便于取景构图要遮住取景器，减少周围的杂光干扰。为了精确聚焦，要借助放大镜实行精细的调对。

其次，由于大画幅相机各个部分的操作经常是互不连动，独立进行，所以比较烦琐，加之经常使用慢速快门，通常需要安放在可靠的三脚架上。对120相机来说，为确保成像质量，还要运用反光板预收、快门线触发之类的手段保持稳定。

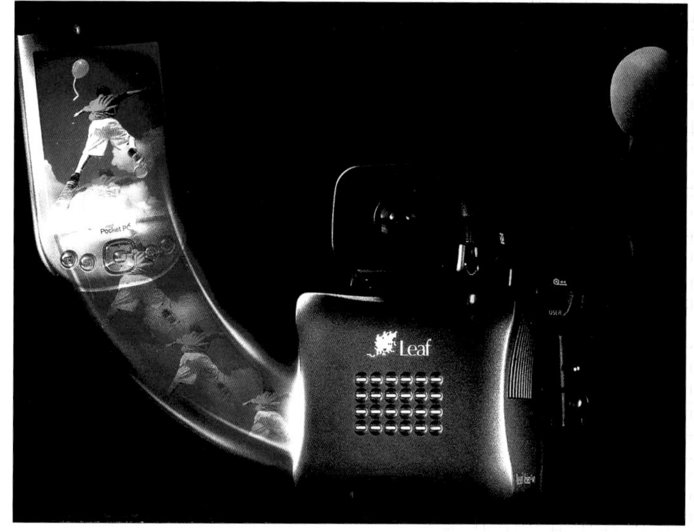

中画幅相机加数码后背，已经成为商业摄影的利器

2. 大画幅相机移轴斜摄原理

大画幅相机的最大优势之一，还在于移轴斜摄，其基本原理如下：

前后框架的升降：当前后框架处于平行状态时，前框架上升，后框架不变，被摄影像下移；如果前框架下降，后框架不变，被摄影像上升。当前后框架处于平行状态时，后框架上升，前框架不变，被摄影像也上升；如果后框架下降，前框架不变，被摄影像也随之下降。

大画幅相机前后框架间的平行升降对影像比例和聚焦效果影响不大，只是改变镜头与被摄体之间的相对位置，即在相机不动的前提下，使被摄物在画面中做或上或下的移动。因此这两种方法最常用于改变视点（相当于相机）的高度或建筑及环境摄影中纠正垂直线条的变形。

Tips

移轴斜摄技术之一

无论采用哪一种移轴斜摄的方式，操作时必须从相机的零位状态开始，不然的话，极有可能因相机基准点的失衡而出现偏差，给操作上带来事倍功半的麻烦。

前后框架的左右移动：当前后框架处于平行状态时，前框架向左移动，后框架不变，被摄影像偏向右方；如果前框架向右移动，后框架不变，被摄影像偏向左方。当前后框架处于平行状态时，后框架向左移动，前框架不变，被摄影像偏向左方；如果后框架向右移动，前框架不变，被摄影像偏向右方。

大画幅相机前后框架间的平行移动原理和前后框架的升降相同，只是影像的变化成了横向罢了。由于该种方法对影像比例和聚焦效果影响不大，只是改变镜头与被摄体之间的相对位置，因此最常用于改变机位（相当于摆放相机的位置）或建筑

大画幅相机依然是商业摄影的首选

取景屏上颠倒的影像，是大画幅相机独特的魅力所在

及环境摄影中绕开讨厌的障碍物。

前后框架的前后倾：当前框架朝前倾斜时，后框架维持普通的状态，影像的焦点会变得很浅，所以聚焦时对准被摄物的上部，下部就将失焦；当前框架朝后倾斜时，前框架维持普通的状态，这时影像的焦点也会变得很浅，聚焦时对准被摄物上下的一边，另一边就将失焦。这两种方法对影像比例、透视的影响不太大，但对焦点的改变却十分明显，所以较多地用于控制聚焦的范围。

当后框架朝前倾斜时，前框架维持普通的状态，影像的透视关系会有所改变，影像的上部得到夸张，焦点的景深也很浅，无论聚焦于被摄体上下的哪一边，另一边则会失焦；当后框架朝后倾斜时，前框架维持普通的状态，这时影像的透视关系也有所改变，影像的下部得到夸张，焦点的景深也很浅，无论聚焦于被摄体上下的哪一边，另一边则会失焦。这两种方法多用于不变动相机位置的情况下调整影像的透视感。

前后框架的左右摆动：当前框架朝左或朝右摆动时，可以有效地调整并控制与后框架形成平行关系的被摄体平面的聚焦范围。朝左摆动时影像左侧容易因失焦而发虚；朝右摆动时影像右侧容易因失焦而发虚。当后框架朝左或朝右摆动时，前框架维持普通的状态，不仅被摄体平面的聚焦状况会发生变化，影像的透视关系会有所改变，后框架朝左摆动，影像的左边得到夸张，焦点的景深很浅，无论聚焦于被摄体左右的哪一边，另一边则会失焦；当后框架朝右摆动时，前框架维持普通的状态，这时影像的右边得到夸张，焦点的景深很浅，无论聚焦于被摄体左右的哪一边，另一边则会失焦。这两种方法常

Tips

移轴斜摄技术之二

相机后框架（即胶片平面）的倾斜和前框架（即镜头平面）的倾斜对被摄体形状的影响是不一样的，前者的变化程度明显地大于后者。所以，如果矫正线条变形的幅度不大，调整相机前框架就行了；如果矫正变形的程度很大就应该调整相机后框架。由于相机后框架很容易使影像失去焦点，所以最好分步调整，以便于快速而准确地控制。

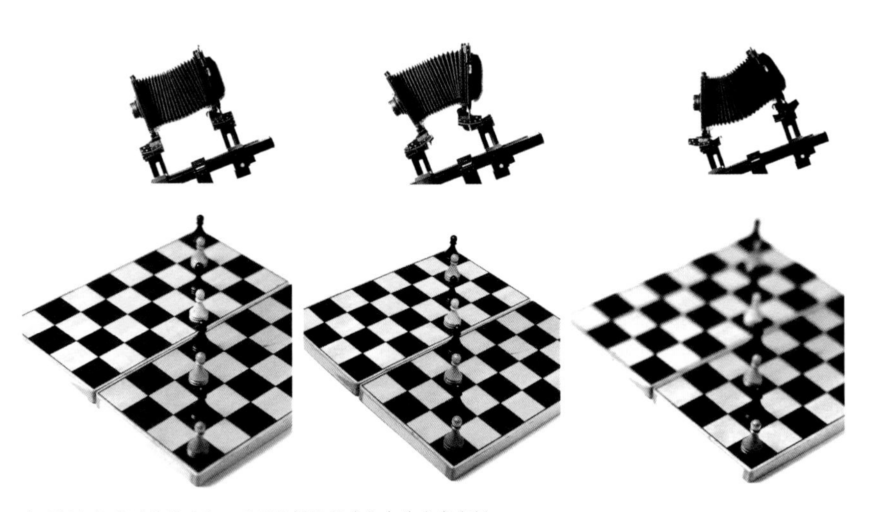

大画幅相机通过移轴功能，可以很好地调节焦点的虚实空间

用来纠正水平方向的线条变形，有时可以人为地扩大变形，加强地面建筑及景物的透视感。

移轴斜摄的使用主要可以完成这样一些特殊的拍摄需要：

影像的位移：当拍摄建筑物的时候，只有将相机的位置安排在建筑物外立面高度的正中时，该建筑的垂直线条才不会呈现或俯或仰的变形，如果相机低于这个高度仰拍，建筑势必会下大上小，为了纠正这种情况，习惯的做法是将相机前后框垂直面调整至与建筑物的垂直线条平行，然后提升相机前框，当幅度不够的时候，可以用降低相机后框的办法予以辅助，这样就能够拍出线条笔直，透视正常的照片了。

如果相机从高处俯拍，建筑会显得上大下小，为了纠正线条的变形，具体的方法是让相机前后框的垂直面与建筑物的垂直线条保持平行，然后下降相机前框，这样就能够拍出线条笔直，透视正常的照片了。

有时为了拍摄建筑物或自然景观的正面，必须寻找拍摄的正中点，但由于各种原因现场根本就不存在最合适的位置，这时利用相机前后框的左右移动就可以轻而易举地解决这一难题，为了不致使相机前后框的移动产生新的线条变形，前后框的平面必须与建筑物的外立面完全保持平行关系。

作品通过大画幅相机的移轴调整功能，很好地矫正了建筑的透视效果

还有另外一种令人尴尬的情况也必须运用此种方法加以解决，比如在拍摄一幢建筑的正面时恰好门前有一根碍眼的柱子挡在相机前面，搬又搬不走，避又避不开，这时你只要把相机转移到正面偏左或偏右的地方，然后通过相机前后框的左右移动就能够轻松地绕开这讨厌的障碍。

焦点的控制：前面分析影像区域位移时我们看到，当被摄体平面、相机前后框平面均处于平行状态的时候，影像的焦点也是平行的，也就是说画面的中心和四边出于同样的聚焦平面，所以聚焦方面没有什么特殊性。但是移轴斜摄经常会打破这种绝对的平行，这时就出现了像平面上各个部位焦点的虚实不均。

利用大画幅相机的这种特点我们可以创造两种影像的效果：一是用超大范围的景深表现全面清晰的影像。二是对画面中的焦点进行有意识地控制，创造出清晰度只及一点不及其余的别致效果。

Tips

移轴斜摄技术之三

只有当被摄体的平面形状、垂直角度与相机后框架的平面完全平行的时候，被摄体在垂直方向的变形才能够彻底被消除。

3．摄影镜头的技术指标

焦距：镜头焦距是指从镜头组中指定的某一点到镜后胶片平面之间的距离，一般用毫米来表示，如50mm、85mm、135mm、200mm、300mm等等。数字越大焦距越长，反之焦距越短。不同类型的相机对镜头焦距的要求也不同，其标准的焦距也不尽相同。135相机标准镜头是50mm；120相机中，6×4.5cm画幅约为75mm，6×6cm画幅为80mm，6×9cm画幅约为110mm；4×5英寸相机的标准镜头约等于150mm，5×7英寸约为210mm，8×10英寸约为300mm。

下面是各种相机镜头焦距的换算表。

120相机（主要指6×4.5和6×6画幅）镜头焦距与相同视角的35mm相机镜头视角的对照表：

120镜头焦距	相当于35mm相机镜头焦距	镜头视角
24 mm	14－15 mm	鱼眼镜
50 mm	30－32 mm	广角镜
80 mm	50－55 mm	标准镜
180 mm	110－120 mm	中焦镜
250 mm	140－160 mm	中长焦镜
500 mm	300－350 mm	长焦镜

大型大画幅相机与35mm相机所用镜头焦距对照表：

胶片规格	超广角镜头	广角镜头	标准镜头	中焦距镜头	长焦距镜头
24×36mm	17mm	25mm	43mm	70mm	100mm
4×5英寸	60mm	90mm	150mm	240mm	360mm
5×7英寸	90mm	130mm	220mm	360mm	540mm
8×10英寸	120mm	180mm	300mm	480mm	720mm

Tips

移轴斜摄技术之四

使用移轴斜摄时一定要顾及到镜头成像圈的极限，最简易的判断方法是：首先将镜头的快门和光圈全开，然后从取景毛玻璃后方四个边角镂空的三角形空洞朝镜头外观察，如果能看到镜头内部的光孔，说明影像处于成像圈之内，如果看不到镜头的光孔，说明影像已经超出成像圈的范围，拍摄的底片上将出现暗角。

大画幅相机在拍摄和调整时的镜头空间

大画幅相机的专业镜头系列

大画幅相机所用的摄影镜头并不像小型相机那样有固定的卡口，因此机身和镜头之间不必严格配对，至多更换一下镜头板就行了。各种牌子的座机镜头可以互换通用。而且只要镜头的成像圈能够满足需要，一种镜头也许既可以用于4×5相机也可以用于5×7甚或8×10相机。

这是镜头的成像圈原理

光圈：人们在评价摄影镜头时经常用到"口径"这个词，从字面来看，指的是一只镜头最前端玻璃面的光孔直径，多用"最大光圈"或"F"来表示。如F=2.8、F=4、F=5.6之类，数字越小说明镜头口径越大，数字越大说明镜头口径越小。镜头口径犹如一间屋子的窗户，窗大则屋内亮，窗小则屋内暗，因此大口径的镜头能适应较暗光线条件的环境，而且取景和对焦时更加明亮和容易。

对专业摄影师来说，光圈与成像质量的关系是不容忽视的，即使是非常高级的摄影镜头，它的每一级光圈所提供的光学素质也并不一样。一般而言，镜头的最佳光圈是从最大光圈往小数起第三或第四级的那档光圈，如对F2.8的镜头来说，最佳光圈大致在F8左右，而对F5.6的镜头来说，最佳光圈也许就要在F11以上了。镜头的最差光圈在哪里呢？最大光圈对任何镜头都是最差光圈。这时镜头的清晰度下降，色彩的明锐度变坏，画面边角可能出现模糊不清或暗角。镜头的最小光圈也比较差，当然昂贵的高级镜头可以把这种差别降至最低限度。

一般而言，长焦距镜头在大光圈时的像差要大于短焦距的镜头，而短焦距镜头在极小光圈情况下的像差则会大于长焦距的镜头。

大画幅相机所用的镜头对光圈的要求稍稍有别于小型相机的镜头，一是小光圈的档位较多，一般最小光圈均小于F22，座机可达F45、F64、F128。二是出于精确调节光圈的需要，有些镜头在光圈的每一级之间还可细分至1/3档位。

成像圈：成像圈的问题对大画幅相机所用的镜头尤为重要。实际上，无论是小型相机或是中画幅相机所用的每一只镜头都存在成像圈，这是一个圆形的区域（最大像场），区内可以出现影像，区外则漆黑一片。成像圈靠中心的部分（清晰像场）成像质量高而边缘影像模糊，照度下降。为了保证相机摄取的光学影像既清晰又均匀，对应底片的面积（有效像场）肯定会极其合理地被确定在成像圈当中的某一范畴之内。

由于普通相机的镜头相对机身来说都是固定不动的，所以可以最大限度地用足镜头的成像圈，完全可以使有效像场与清晰像场基本一致。但大画幅相机的镜头时常因移轴斜摄而使有效像场朝成像圈中心以外移动，所以这类镜头在设计时应

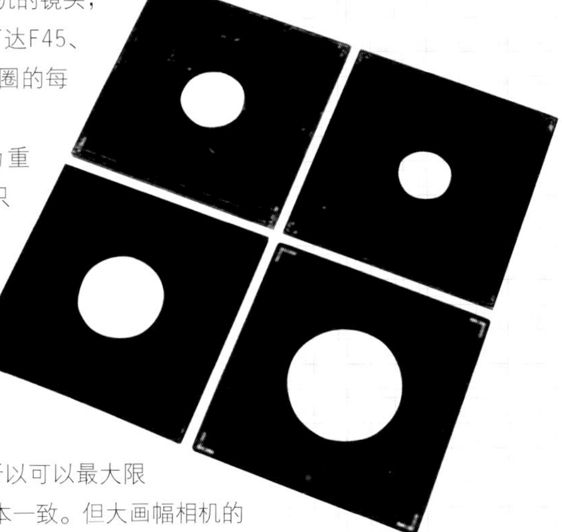

不同镜头的号数和孔径的大小区别

镜头成像的效果和人眼观看的差异

该具有足够大的成像圈，以提供镜头尽可能大的清晰像场，假如移轴斜摄时不慎超出镜头的成像圈，底片边缘就会出现模糊和暗角。一般大画幅相机所用镜头的成像圈比胶片的对角线大20%-30%以上。在大画幅相机的指定镜头中，不同品牌、不同规格的镜头其成像圈有大有小，使用者必须对此有所了解。

镜间快门：大底片相机所用的镜头往往带有镜间式快门，而且一般快门速度都不太高，最高不过是1/500秒，最低的仅有1/125秒甚至1/60秒，但作为大画幅相机这已经足够了，相反所有的镜头倒是更重视低速快门，除了B门之外，这类镜头通常设置有T门，因为大底相机经常使用长时间曝光，运用T门比使用B门方便得多。

景深：从一般意义来说，大底相机使用的镜头焦距肯定较小型相机在拍摄同样透视感的照片时长得多，所以在表现相同视角画面的时候虽然用一样的光圈，但大画幅相机所能达到的景深将会小得多。于是，用越是大型的相机拍摄，为取得同样的景深效果其光圈就必然要缩得小才行。

景深的另一个基本原则是朝聚焦点一方比朝背景一方更小一些，也就是说，假如想把一个四米长的物体自前往后拍得清清楚楚，在不用特殊手段的前提下，聚焦时对在该物体的正中并不是最科学的，而应该把焦点对在正中偏前一点才更理想一些。

不同焦距的镜头在使用相等的光圈拍摄等倍率物件时，只有透视关系的差异而极少存在景深效果上的差异。比如用50mm镜头和100mm镜头一同拍摄一个人物的胸像，前者离被摄者很近，后者却得退到几米开外，二者如果全都把光圈调在F8，那么拍摄出来的照片除了50mm镜头能够包容稍多一点的背景以外，从景深来讲与100mm镜头几乎是一模一样的。

4. 测光原理与测光表使用

测光表：独立的测光表是商业摄影所必备的设备，可分为单纯的测光表和色温表两大类。普通测光表又有宽角度和窄角度两种，后者其实就是测量局部光量的反射式测光表。一般视角只有1-3度，所以叫做点测光表。而宽角度测光时可用入射式和反射式两种方式对光线进行测量。

入射式测光的基本特点：1．必须在测光体上面盖上乳白色半球体；2．入射式测光时务必将测光体对准从相机方向射向被摄体的光线；3．只要测光头面对的光照条件与被摄体相同，就不必接近被摄体测光；4．对远处景物测光时，比较方便，可避免天空光和强反射光的影响。

反射式测光的基本特点：1．测光时务必移开罩在测光头上的乳白色半球体；2．测光时测光头对准被摄体，由于测光体视角仅有40度左右，所以应该接近被摄主体进行测光；3．尤其适宜于画面中光线分布均匀的时候；4．当画面中明亮天空占据一半以上时，测光表的测光头应略向地面下倾，以免受天空光影响导致测光值偏高。

曝光的完美来自于测光的精准，但如何做到测光的精准？测光的基本标准是什么呢？世上所有的测光表，不论是反射式、入射式还是点测式，都是以反光率为18%的中性灰色为基准，测光表只知忠实地执行这一原则，根本不管被摄对象是否适合于用中性灰色的基调表现。因此若按照测光（尤以反射式测光为甚）的数据曝光，白色的物体和黑色的物体都将被拍成为接近灰色。比如拍摄白色的面粉，假使严格照测光表的指示曝光，雪白的面粉会因曝光的不足而变成灰色，而假如拍摄漆黑的煤炭时完全按测光表曝光，黑色的煤块会因为曝光的过度而呈现为灰色。因此在拍摄雪白或漆黑的物体时必须在自动测光的基础上对曝光值进行增减。

有经验的摄影师懂得测光表的特性，在使用测光表时，不过是利用测光表获取一种基准，并不一定百分之百地照着测光表的数据进行曝光。

甚至当使用不同的胶片进行拍摄的时候，有经验的摄影师也会根据实际情况适当修正测光的数值。当拍摄黑白胶片时，为了最大限度保留暗部的细节，给将来照片的制作提供方便，拍摄时会在平均测光的基础上略微增加一些曝光（相当于按偏暗的部位测光）。如果使用彩色正片拍摄，当光线明暗对比强烈时，为了避免高光处丧失层次，通常也会自觉调整测光的结果（相当于按亮部测光），用减一些曝光量的办法进行拍摄。

此外，任何一种胶片的感光宽容度都是有限的，数码摄影的感光元件也是如此，

Tips

沙姆弗鲁格理论

当相机的前后框处于零位状态时，聚焦点设在画面的正中，光圈既不开到最大也不收到最小，这时拍出的照片，除在聚焦点的前后有一定量的景深以外，前后都是虚的。如果想要获得一种画面景深奇大，前后全部清晰的效果，相机的前后框都必须调整，一旦相机的前框、后框和被摄体的三个平面的延长线可以相交于一条线时，奇迹就发生了。这一原理在专业摄影领域被称作“沙姆弗鲁格理论”。

有时，为了突出画面中的主体，有意识地虚化、模糊陪衬和背景，营造某种特别的视觉效果。这时只要有意违背沙姆弗鲁格理论，反其道而行之，就可以达到目的。

商业摄影师在拍摄现场测光的场景

专业摄影师使用的专业测光表

决没有人眼那么强的适应性。所以如果被摄对象的明暗对比太强烈的话，曝光上就不能很好兼顾，高光或暗部的层次将难以两全。况且拍摄的底片大都用于印刷或制作灯箱照片，一张将胶片感光宽容度彻底用足的底片经过印刷或扩印，最多只能保留原底明暗关系的百分之六七十。如果拍摄时没有这样的概念，不但不可能得到你期望的理想影像，还会给照片放大和制版印刷带来技术上的难度。所以为了影像的最佳印制效果，摄影师应当尽可能避免照片中的明暗关系超出五级。当现场光线的光比过大时，通常用增加灯光数量、使用闪光灯、利用反光板进行补光等有效措施降低照片的反差，当然选择反差较小的胶片或在冲洗时予以调整也有一定的纠偏作用。

Tips

镜头成像圈

在大画幅相机的配套镜头中，广角镜头的成像圈设计得较为宽广，适合做较大范围的透视调整，远摄镜头的成像圈则较少留有余地，因此也就制约了透视调整的幅度。

另外，当大画幅相机的镜头对焦于近处时成像圈比对焦于远处时大；光圈收缩得越小成像圈越大；当镜头超出焦距限制进行近摄时，皮腔伸展得越长成像圈越大。

5. 脚架等各种常用附件

对于专业商业摄影师来说，不管是影棚内拍还是商业外拍，都不可避免地要同各种支撑固定相机、灯具或背景之类的脚架和支架打交道。

摄影师选择脚架的标准首先是结实耐用，而重量轻、携带方便却是次要的。从总体上讲价格越贵分量越重的脚架越有效，因此在选购不是易耗品的脚架时，多花点钱，决不是奢侈而是一劳永逸。但选购各种支撑背景、灯光的支架时却可以采取灵活务实的态度，国内的产品尽管做工不够精细，手感不够顺畅，必须经常维修和加固，但价格合理，能省不少的开支。

画面中为照相机的支架和灯光的支架

无论是室内摄影还是户外拍摄，遮光罩始终是一种重要的附件，对于小型相机的镜头，使用固定在镜头上的配套遮光罩比较方便，而对中画幅以上的相机，除了可以使用这类遮光罩，还可以选择相机生产商特制的皮腔式可折叠遮光罩，这种产品不但适应性更好，可以匹配各种焦距的长短镜头，而且遮光效果也更佳。座机的皮腔配合前后框装在镜头前方的导轨上就是现成的遮光罩。因为相机可做移轴斜射，所以遮光罩的使用并不像一般相机那样只需同镜头光轴保持垂直就行，而应该使遮光罩的前框同相机的后框保持平行，这样才能最有效地挡掉有害光线。

大底相机的取景总是在毛玻璃上进行的，由于摄影镜头口径的限制，取景时总感觉毛玻璃上面昏暗难辨，影像淡漠，加上用大底相机拍摄景深本来就很浅，所以使用专门的放大镜帮助对焦极有必要，一般这种放大镜的放大倍率为六倍左右。

二、光源设备与基本布光

1. 常规灯具的分类特征

照明的类型主要分为天然光和人工光两大类。天然光就是阳光，尽管照射范围宽广，效果自然真实，但毕竟有天时不候人的缺憾。而且许多时候商业摄影在室内进行，天然光也就无法利用。人工光总体上可以分为两大类：连续光线和瞬时光线。前者指的是灯泡和灯管发出的不间断光线，后者是指闪光灯发出的瞬间光线。除此之外，还可以在商业摄影中使用混合光，就是指天然光和人工光的同时运用。由于两类光线混合之后必然会出现光强、色温等方面的一些问题，因此无论从使用还是控制上来说，都会显得更为复杂。

在人工光线中，连续光线和瞬时光线各有其短长：连续光线的造型效果明显，所见即所得，很少有误差。连续光线的灯具售价比较便宜，但布光时对光亮的控制不够方便、比较笨重，携带困难、耗电和散热量太大，灯泡的使用寿命不够长，色温不够稳定，发光的效率有限，尤其很难适应动体摄影。

相对而言，闪光灯具的瞬间光源优点稍多，尤其是那些专为影室摄影设计的大

Tips

大画幅相机镜头

大画幅相机的专用镜头一般设计严谨，做工精细。为了最大程度满足镜头在解像力、影调层次、色彩表现等方面的苛刻要求，很少去追求镜头的超大口径，事实上大画幅相机镜头的大口径往往只是方便了取景构图，而拍摄时运用最大光圈的机会却很少，所以这类镜头的口径通常只是做成中等大小（按照小型相机的镜头标准）而已。

常用的连续性光源

常用的瞬间闪光灯光源

功率闪光灯，性能可靠、功能先进。它们的体积和重量相对小而轻，而光的强度反而胜过连续光源，足以定格高速的物体画面。加之使用寿命较长，在色温等方面稳定性好，耗电和散热很小，于是深受摄影师的青睐。不过这类灯具价格不菲，每次闪光之后一定要等待再次的充电，对于抓拍人物瞬间表情不够方便。尽管如此，闪光灯在商业摄影中还是日趋广泛地被采用，发挥着越来越大的作用。

商业摄影使用的影室闪光灯，灯体的前端是闪光灯管和造型灯泡，并有插口或卡座连接各种光线调制附件；灯体的下部连接灯架，并可以随意调节灯头角度；灯体的侧面或后面为各种调节开关、同步探测装置及指示灯：一般可以调整闪光的亮度（有的灯可以无级调节，有的灯则按全光、半光、1/4光等划分），调节时造型光会随之变化，帮助摄影师判断造型效果。

影室用闪光灯必须配合不同的附件才能营造各种各样的光线效果。常用的附件有集光罩、挡光板、蜂窝罩、反光罩、反光伞、柔光箱、聚光罩等。下面就它们的实际用途和功用特点加以说明。

集光罩：闪光灯的最基本配备，根据开口的大小有标准、聚光、广角之分。影室灯一经加用集光罩后，光源特性就变成有重点的泛光，光线强烈、集中，光性较硬，方向性明确，投影浓重。

挡光板：限制光线自由漫射的活动金属片，必须加在集光罩上使用，可从上下左右四个方向有效改变光线的照射，直接影响发光面的大小，将宽光变成窄光。

蜂窝罩：蜂窝罩主要由网眼或格栅构成，网眼有粗细之分，格栅也有长短之分，常常和集光罩、挡光板一起使用，经过限导后的光线光性稍稍变硬，反差略有提高，方向性更为准确。闪光灯加用蜂窝罩以后会损失较大一部分光线。

反光罩：样子有点像接受电视信号的抛物面圆盘，闪光灯发出的光线经过反光罩以后，光的面积较集光罩更大、更柔和，反差略微降低，光性变软，因发光强度减弱，投影也相应弱化。

反光伞：如同一把雨伞，插在灯的前端，然后将灯头反转，灯光经反光伞反射到被摄物上面。反光伞的反光面有银色、白色之分，光源的特性是光性较反光罩更软，更柔和均匀，方向性也进一步降低，变成散射光，反差较小，投影浅淡。

柔光箱：方形、多边形和长方形的柔光设备，前两者的照明区域较小，拍人像特写或产品局部时使用得较多，后者照明区域稍大，可照亮人的全身，或者为大型物体照明。柔光箱发出极为柔顺的散射光，光线在照射区域内比较平均，但边缘的亮度衰减很明显，照明的方

Tips

大画幅相机镜间快门

大画幅相机镜间快门时常提到0号快门，1号快门和3号快门，一般来说，镜头的焦距越短，使用的快门号数越小，反之亦然。由于镜头的镜间快门由不同的厂商生产，所以每种号数的快门其最高速度都不相同，高的可达1/500秒，低的却可能只有1/60秒。镜头快门的号数和镜头板上孔洞的大小也有关系，号数越小，镜头板上面的孔洞越小。

自然光和闪光灯混合使用的拍摄效果

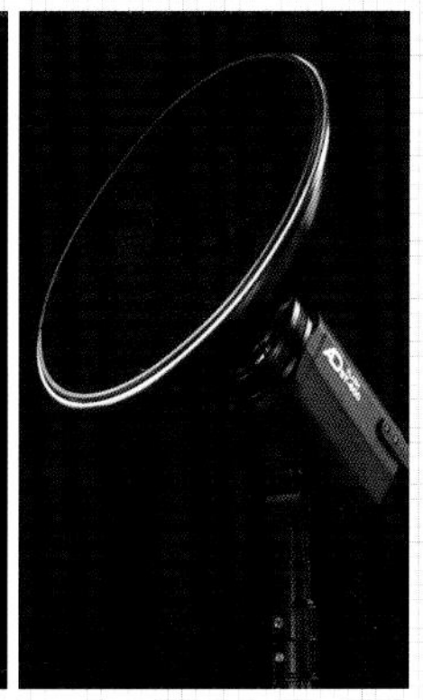

各种光源的辅助性设备

向性比反光伞发出的光线稍强，反差适中，层次丰富，投影不明显。

聚光罩：有长度不等、开口大小不等的分别，前端一般还可加蜂窝罩，形成比一般集光更强烈的光束，光性很硬，亮度很高，方向性极强，反差特大，光的衰变很大。如果聚光罩再加蜂窝罩，经过限导后的光线方向性更强，光性和反差都略有降低。

尽管影室闪光灯有多种附件，然而灯具的附件并不是万能的，有时为了调制出符合自己需要的光线，还可以使用其他手段。最常用的是在仅仅使用集光罩的闪光灯前面采取一些措施。比如：

散光片：只要是具有较明显透光效果的平面材料都可以成为散光片，不论是硬塑料、软塑料，还是薄纸，由于不同材质透光程度、灯光和散光材料之间距离的远近，造成不同的散光效果。经散光后的光线强度减弱，但仍比柔光箱发出的光线硬一些，照射面积比柔光箱制造的光线要大。如果调整散光片与灯之间的距离，可以改变光线由中心到边缘的渐变效果。

反光板：任何能够有效反光的平面材料都可以做反光板，由于材料的质感、颜色（白、银、金）不同而导致反光性能的不同，经过反光的光线柔和而均匀，方向性不强，不会产生再生性的投影。

光栅：有时为了让照明光线不是很均匀，以模仿自然光线中的光斑效果，或者使背景上出现装饰性的光影，可以在闪光灯前面加上自制的光栅。光栅一般用硬纸板、三夹板、木板条制成，有时拍摄微小的物体时，可用装满水的瓶子、不透光的圆柱临时充当。

Tips

新旧技术之间

虽然一些新技术的发明已经重新定义了摄影领域，但关于摄影的一些基本规则并没有多大变化，我们依然可以随手拿起一架数码单反相机，将感光度设定在ISO100、光圈刻度设定为16、快门速度设定为1/125秒，拍摄处于明媚均匀的阳光下的主体，阳光16法则依然有效，我们得到的照片依然有一个体面的曝光效果。

2. 光线属性和布光技巧

光线属性主要分为强聚光与散射光两种，在面积上也有宽光与窄光的区别，它们对商业摄影造型语言有非常重要的影响。

强聚光：这是方向性较强的直射型光源。在室内的灯光中，聚光灯是产生直射聚光的主要光源，它在直射光源的后面一般装有反光强烈的反光罩，帮助光线产生高度的方向性，平行照向被摄体，使其造型的阴影加重，画面节奏明快、热烈，高光明亮，暗影轮廓分明，从而为创造生动的戏剧性效果提供了基础。直射聚光的强烈和方向性强构成了爽朗的写实魅力，一束强有力的光线可以直抒胸臆，特别适合拍摄广告

Tips

光与颜色

光线的颜色可以通过人为的调整加以改变，在灯具前加各种颜色的蒙片或在镜头前加各种滤光镜就是有效的手段。这样一种故意违背色彩还原的方式，让彩色摄影表现出明显的偏色，营造独特的意境。比如利用偏黄偏红的暖性色彩暗示温暖、热烈、兴奋、活跃，利用偏青偏蓝的冷性色彩暗示寂静、纯洁、朴素、稳定。

逆光下所可能产生的半透明视觉效果

静物摄影中质感粗糙的非反光体等。

散射光：这是方向性较弱的柔和型光源。在影室中营造散射光的方式很多，比如将反光板反射强烈的直射光，使其变得柔和细腻；或是将强烈的直射光源打向反光伞，使直射光分解成漫反射的效果；还有就是在聚光灯前面加上大型的柔光罩，获得大面积的散射光；甚至还可以采用多灯并行排列的方式，加宽光束并减弱方向性。不管怎么处理，经过分解后的直射光其方向性模糊了，反差减弱了，从高光到阴影部分的过渡流畅自然，于是就产生了格调柔和、布光均匀的抒情风格。散射光以其宁静、淡雅、细腻、柔和的风格构成写意的可能，更多地适合广告静物摄影中光滑的反光体等。

从光源面积上分，可分成宽光与窄光。宽光是指投射角度大，受光范围广的光。一般大型雾灯、柔光箱、反光伞、多灯头的排灯等都属宽光，常用做主光、模拟自然光或大面积的补光。宽光也有软硬之分，在商业摄影中常用软性宽光做主光，既可均匀布光防止过重的投影，又可防止在被摄体上产生高光点的反光。窄光则是相对宽光而言角度小、范围窄的光，一般聚光灯、泛光灯上加上蜂巢、束光筒、挡板等限光器以及光扫器，都能产生窄光的光效。窄光的光性硬，反差强，常用做局部补光、修饰光等。

在商业摄影中使用人造光线的时候，不论是连续灯

Tips

商业摄影测光技巧

例如当拍摄高楼上看到的开阔远景时，按照反射式测光（比如相机的TTL自动测光）的结果曝光，常常会密度偏低，使照片看上去显得不通透，很沉闷，如果在测光基础上增加半级的曝光量将会使地面的建筑物层次更丰富。再比如拍摄室内环境，准备利用现场光（大面积的平均照明）进行曝光，假如完全按照测光表的数值，一定会上当，因为照片会给人昏暗压抑的感觉，假如增加一级曝光将更符合常人的视觉感受。如果是拍摄蓝天为背景的白色厂房，为了增加照片色彩上的厚重感，在测光后减少三分之一到半级曝光效果会更好。假如拍摄车间里某些笨重漆黑的机床设备，若在测光的基础上减少半级曝光，机器就不会呈现为灰色，其原本面貌和重量感就不至于被歪曲了。

光还是闪光，摄影师必须记住这样一个原则：布光的目的不仅是为了照明，而且是为了营造特定的光影效果。

在拍摄某一个具体物件时，习惯上按光线、被摄物及照相机三者的相对位置而把照明细分为以下五种：顺着照相机的镜头方向射向被摄体的光线叫做顺光；照明角度和照相机镜头方向成大约90度，从而照亮被摄体侧面的光线叫做侧光；假使光线从被摄体的后方照射过来就是逆光；如果光线从被摄体的顶端照射下来就是顶光；当光线在低于被摄体高度的二分之一之下往上照射时称为低光，如果角度很低、接近地面也可叫做底光。

在光线的选择上，照亮被摄主体正面或重点的光线为主光；照亮被摄体次要细节或削弱阴影的光线为副光；描写被摄体轮廓线条的光线为轮廓光；照亮环境或被摄体背景的光线叫做背景光；修饰被摄体局部以达到强调或美化作用的光线叫做装饰光。

下面简单分析一下灯光布置中的基本规律。

光强：这是指光线的相对强弱，具有随光源的输出及照明的距离而变化的特点。所以对可以调节亮度的灯具，只要控制电量就能改变输出的发光量，使之大小随意。对不便调节发光量的灯具只要加大灯与物体之间的距离，也就减弱了光亮度，相反缩短灯与物体之间的距离就加强了灯的光亮度。

方向：灯光的方向跟光的强度和光的数量有关，光的强度越足，方向性越明显，反之亦然；如果只有一个单独的光源，光的方向很明显，但光源增加，方向感反而减

Tips

商业摄影中的石英灯

商业摄影除了使用闪光灯具以外，也可以使用石英灯等连续光源的灯具，相关附件也可以达到相同的效果。关键是用于彩色摄影时，首先要弄清楚该种光源的色温，然后选择合适的胶片，通过色温矫正滤色片进行纠正，或者调整数码后背的白平衡。

不同光源组合的多次曝光，充分发挥了光线的魅力

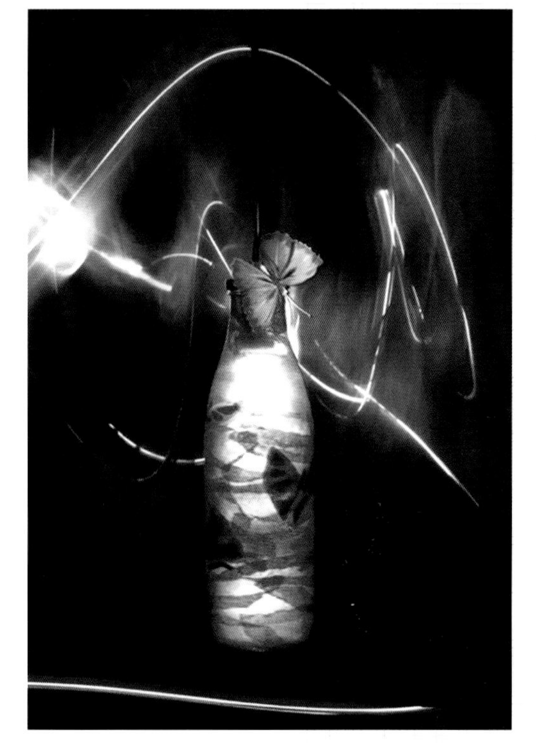

长时间曝光形成的魅力，可以自由地用在商业摄影中

强硬的侧面光突出了女性的力量感

弱。所以如果想要突出光线的方向性，就应该加强光的亮度，控制光照的数量。遇到多灯照明时需要精心调整各个光源之间的比例，以免光线互相冲突抵消。如果想要制造散漫而方向性不明确的光线，则可以反其道而用之，通过灯光前使用适当的附件减弱光线的强度，也可以有意用多盏灯光互相抵触，让光线变得协调匀称。

还需要了解的是光与色的关系：

光线的颜色因光源的种类和性质而异，不同光源发出的光线颜色各异，有的表现为白光，有的偏红黄，有的偏青蓝，主要由光源的色温决定。比如晴天正午的阳光和闪光灯光的色温值约是5500K左右，在人眼中是不偏不倚的中性白光；阴天的天空则色温偏高，大约6500K，颜色偏向青蓝；朝阳和夕照的色温大约是3800K，偏红偏黄，所以显得格外温暖；碘钨灯和卤素灯的色温约为3200K，比晨昏时分的日光更黄更红；白炽灯泡的色温很低，一般不足3000K；蜡烛光的色温最低，仅有1500K左右，所以会呈现昏黄的感觉。

思考练习

1. 请论述专业相机的特点与大画幅相机移轴斜摄原理。
2. 商业摄影中的摄影镜头有哪些重要的技术指标？
3. 商业摄影中的测光原理与测光表使用侧重点在哪里？
4. 脚架等各种常用附件以及常规灯具的分类特征有哪些？
5. 请论述商业摄影的光线属性和布光技巧。

目　的 _ 商业摄影的前期准备，包括规划大型的摄影棚，室外的各种作业，以及各种拍摄题材的准备工作。

要　点 _ 对付一些常见的商业摄影题材所采取的一些基本拍摄手法，以使在正式的拍摄中举一反三，灵活运用。

学　时 _ 8课时

第四章 / 商业摄影的前期准备

商业摄影的前期准备主要是规划大型的摄影棚，这是商业摄影必不可少的创作空间，形成了商业摄影室内拍摄的最基本方式。此外，商业摄影还包括室外的各种作业，也有其特殊要点，与室内拍摄相互关联。在技术的处理上，商业摄影有不少相同的共性，把握这些相同的技术处理要点，足可举一反三，顺利进入商业摄影的专业领域。当然，这些常规的技术处理看似容易，却往往需要大量的练习和实践，才可能得心应手。

一、摄影棚的规划和使用

摄影棚是大部分商业摄影师的创作基地，拥有一个宽敞、规范、方便、整洁的摄影棚是极其重要的。摄影棚的基本要求首先是高度——为了布光的需要，空间的净高度不可低于三米。假如太低的话，将不利于拍摄人物之类的照片。所以除了专门构建之外，一般选择办公用房、老式住房、旧商铺和闲置厂房之类的房屋改建。摄影棚的面积要求可以灵活多变。如果拍摄常规的产品静物类广告，三四十平方米也许就足够了。但如果拍摄大件家电或时装人像，至少要50平方米以上。开设摄影棚还有一些其他要求，例如电力供应必须充沛稳定。为了摆放多余的设备、常用的道具及各种杂物，最好配有储藏间。由于摄影棚人员往来较多，同时也出于清洁的需要，水源供应要力求方便，最好附带有独用的洗手间。

在布置摄影棚时也有讲究。假如是一个通间，最好将房间划分成摄影、准备、储物三个区域。摄影区是影棚的主体，占地最大。为了减少干扰应远离房门，还可用屏风帷幕将其与其他区域区分开来。准备区是正式拍摄工作的缓冲地带，可以临时摆放有关物品，还可以放置座椅供人小憩。储物区主要是摆放日常使用的器材、支架、布景、道具之类。

摄影棚里的商业作业形式主要有三种：桌面上的小件物品拍摄，落地式人物或大件物品拍摄，还有一类是模仿实际生活的环境拍摄。

Tips

特殊的拍摄台

为了创造出不同的背景效果和特别的光线效果，会用到几种较为特殊的拍摄台。比如拍摄表面极易反光的物品，如不锈钢的锅或水壶、玻璃球体之类，可以采用半透光材料围搭而成的隔离式亮棚进行拍摄。使用顶光照明拍摄，不希望物件周围出现投影时，可以用大块玻璃做拍摄台面，只要下面留出足够的空间，灯光照出的投影必然被透射到玻璃下面去，照片上就不会出现讨厌的黑影。

专业的摄影棚空间

临时搭建的室内拍摄空间

专业摄影师的工作和展示空间

当拍摄各类体积较小的物体时，通常是将被摄物摆放在拍摄台上，摄影师既可以利用专业生产的拍摄台，也可以使用自己制作的拍摄台。这些拍摄台一般用金属管材制成，可以拆卸、升降、根据需要进行角度的调整。拍摄台的结构有点像放大了的靠背椅子，台面高度和一般的桌子差不多，以方便地对被摄物进行调整。当拍摄背景单纯的物品时，通常将一整张透光或不透光的卡纸或塑料片沿着拍摄台的背面垂直而下，形成一个弯曲的弧形曲面，这样背景上就不会出现“地平线”的痕迹。然后就可以在周围布置灯光：如果背景上需要布光，使用透光的背景纸，如果需要某种颜色的背景，可以选用相应颜色的背景纸；有时为了使背景出现渐变的效果，也可以选择符合自己要求的特殊背景。总之，拍摄台成了摄影师在拍摄小件物品时适应性最广、工作效率最高的工作平台。

拍摄大件物体或全身人像时，通常直接在地板上进行。大张的背景纸或背景布从屋顶垂下，自然弯曲延伸到被摄物的下面，以便消除地平线。上方的光线由钓杆式顶灯或箱式柔光灯提供，两侧或前后也可根据需要随意置景及布光。

拍摄某些情景照片时，可以在摄影棚里搭建出某种实景，实行开放式布光，营造诸如家居生活、办公场合之类的氛围。

商业摄影拍摄中经常使用的背景材料，多数是平面的，主要是塑料、布质或纸质材料。如果背景很大，必须与地面连为一体，让背景纸或背景布自然垂下并铺满地面。如果需要立体的背景，就要根据实际需要搭制。背景的功能主要有三种：制造特定的色彩，如红色背景、黑色背景之类；创造特定的光影效果，一般使用灯光在背景上制造出光斑，或者通过自制透光模板即光栅把需要的光影投射到背景上去；营造某种情景效果，例如表现自然的环境或某种超现实的场面，这时一般用投影仪或幻灯机将需要的画面打到背景上。

Tips

室内闪光平衡

如果在室内采用闪光照明拍摄，光比的平衡非常重要。一般先按照主光的要求定下基调，然后确定副光、轮廓光和背景光的亮度。假设主光为1，副光原则上小于1，轮廓光则大于主光，大概是1.5～2。背景光最好不超出主体周围的平均亮度，以维持在0.5～0.8之间比较好。

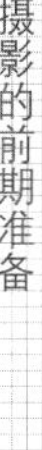

二、外摄与现场实地跟拍

商业摄影师经常外出工作，通常是拍摄工商企业的内外景，商务办公、会议及合影，市政工程宣传、时装模特之类。从拍摄地点来看，既有客户指定或安排的室内场合，也有自选的户外自然或人工环境。外出拍摄对摄影师的考验来自于两个方面：一是随机应变的能力，二是良好的身体素质和快捷的动作。为了保证拍摄的顺利进行，必须与客户进行充分的联络，以便取得被摄一方最大可能的协助支援。为了顺利完成任务，摄影师最好能事先前往现场察看，如有可能的话，先用数码相机拍摄一些样片，然后同客户进行具体的讨论。假如现场准备工作不够充分，可以敦促对方进一步完善。另外还需要选择合适的天气，这样做对确保正式拍摄时的工作效率和质量大有裨益。

完成外拍任务肯定比影棚拍摄更加辛苦，尤其是拍摄往往一次完成，不允许有所闪失。携带器材时应该细心周到，千万不能遗漏必需的东西。器材方面除了必不可少的摄影器材、灯光设备、背景道具材料之外，必须带足常用的备用或备份物品如电池、滤光镜、闪灯同步线、脚架云台上的快速装卸板等等，以应付可能出现的意外情况。还有一些辅助物品也缺之不可，如电源接线板、胶布、胶带、铁夹子、细绳、细铁丝等等。简易工具如折叠钳、小刀、螺丝刀之类也是非常有用的，可以应付现场可能出现的紧急修理。当摄影师忙不过来的时候，应该配备助手

现场拍摄所营造的喜剧化氛围

Tips

日光灯光混合

当日光和灯光混合使用，比如以室内的人或环境为主，室外的景物为辅，这时如果室内和室外的光比完全一致反而不太自然，可以让室外高出1EV左右。如果拍摄室内环境既使用闪光灯做主体照明，又必须顾及现场光照，也应该妥善处理两者的关系。一般来说，当环境中主要由荧光灯提供光线，或照明灯光发出的色温复杂混乱时，一定要用闪光压制现场光，即闪光为主，灯光为辅。具体的光比维持在1:0.5左右比较合适。当然这只是一个粗略的概念，运用时还必须考虑到照片的实际要求，灵活调整。

以好莱坞为背景的外拍现场

甚至帮工。外拍工作常常因天气、光线、模特、合作对象等等方面的原因，使摄影师预先设计好的拍摄方案难于实施，这时要沉着冷静、不急不躁、及时调整、适时变通。拍摄时既要遵守通用标准，又要适当创新，不落俗套。为了保险起见，胶片用量应适当放宽，遇有曝光异常复杂的关键镜头，多拍几张或者换用不同的材料拍摄，以防万一。

外出拍摄任务中有一类比较特别，就是摄影师跟随影视广告摄制组或其他工作小组进行同步的平面图片摄制，这就是实地跟拍。这时摄影师只不过是整个队伍当中的一个配角而已，整个拍摄过程不可能完全按照你的意图来安排，也不一定会根据你的要求改变他人的工作进程。这时必须充分了解该小组的工作进度和拍摄的程序，事先选定好自己中意的场景或背景，见缝插针地做好诸如取景、调试器材、测光、试拍之类的准备工作，以便随时进入实际拍摄。为了确保不让指定的重要场面或情节溜掉，不能过于谦让，必须当机立断，该出手时就出手。有时甚至只能像新闻记者那样抢拍，无法拘泥于技术细节。遇到既是千载难逢又是不允许失败的实地跟拍，务必多拍，千万不要吝啬。为了保险起见，最好再安排一位摄影助手同时拍摄。

外景的瞬间把握，需要充分的准备来保证

跟拍的器材设备的准备要充分考虑机动性，例如使用相对小巧灵便的120相机，最好安装卷片马达。假如三脚架的移动和收放不够方便，可以使用独脚架。感光材料不妨使用中高速胶卷，或者将数码相机调整到较高的感光度，避免现场光线太弱造成的失误。由于现场人多杂乱，摄影和摄像往往并不是统一管理，所以在灯光布置、演员表演等方面可能会不协调，为此摄影师应该时刻保持清醒头脑，对难有补救机会的镜头要伺机抓拍。影视广告对照明的要求很高，布光十分讲究，如能利用现场照明，是件既省力又出效果的好事，但必须向灯光师询问光线的色温状况，以免出现偏差。有时现场灯光的亮度偏低，必须使用自带的闪灯加光，这时要尽量保持与现场照明格局的一致。

在实地跟拍的时候，摄影师要耳听四路、眼观八方，多做沟通和交流，胆大心细、眼明手快，及时把握拍摄时机。

三、商业摄影的技术准备

在众多的静物产品中，具有透光和反光属性的占了很大的比例。商业摄影师经常同这类商品打交道，比如晶莹的玻璃器皿、诱人的化妆品、闪亮的金属器具、高贵的工艺品等。拍摄这类物品时灯光的布置非常重要，光线安排不到位会使这些物体显得毫无生气，令人生厌。一旦光线安排得恰到好处，这些产品将熠熠生辉、楚楚动人。

面对玻璃制品等广告静物中的透光体，由于光线都能穿透而过，所以不能如同拍摄其他一般物体那样采用直射光，而应该采用逆光、侧逆光等光线，使其产生玲珑剔透、扑朔迷离的艺术效果。而对于反光体来说，一般每一个立体面都只能有一个或一条光斑，因此最好的方法就是采用散射光或利用反光板照明。光源的面积越大、越柔和越好。很多情况下，白色反光板的照明可以是不均匀的，但必须是渐变的，这样才能显得真实。表面光亮的物体上的高光，则可使用很弱的直射光源获得。

透光体或反光体表面通常或平整或圆滑，在表现质感时有一定的困难。布光时应具有耐心：先打出主光，然后搭配副光和效果光。布光的要点是软硬适度，聚散结合。假如散射光太多，光线很平，产品显得软弱无力，单调乏味。但如果光线太硬有可能导致物体表面质感的丧失，以及透光或反光属性的失真。按照长期拍摄透光体和反光物的经验，在运用光线的时候，必须重视侧面光的效果，它可以很好地勾勒物体轮廓，表现立体感。为了维持适当的光比，避免杂乱的光斑，应该用软光和散射光进行补充。

白色的背景也能很好地突出玻璃中液体的透明质感

玻璃的透明感，主要是通过逆光和侧逆光来营造

拍摄反光物体时尽量多用反光板是一个很值得推广的经验。大小不等、角度多样、反光性能（取决于反光板的材料特性）各异的反光，能够创造出非常细致和丰满的光照效果，而且还能够避免有害的再生性投影。如果被摄物的反光面没有丝毫的暗部做衬托，极易形成视觉上的空洞。所以有时会有意识地在物体的反光面上制造暗部，最常用的办法是使用黑或灰色的反光板，使影子映照在反光面上。假如想要获得渐变效果的暗部，只要在旁边放置黑色或灰色圆柱就行了。为了避免周围杂乱的物体映照在被摄物上，应当采用围帐将被摄体和外界隔离开来。还有两种行之有效的方法：比如在物体反光的地方喷消光剂；如果反光集中为一点，也可用擦拭油灰的方式消除。这两种方法虽然简便，但应慎重运用，一旦使用不当，反而会削弱被摄体固有的光泽和质感。

漆畑铣治的这幅作品，就是金属反光体的拍摄范例

为了准确地表现各种物体的透光性和反光性，曝光也应极其当心。过度则物体的层次和质感会大打折扣，不足则物体的光感欠缺，画面也显得沉闷。因此曝光时常常不能简单地按照测光表的数值进行。对某些透光物来说，曝光量可能会增加，而对某些反光物来说，曝光可能会减少。一定要通过试拍波拉片来确定，或者通过数码相机或数码后背多拍摄比较，也有必要按1/3级EV的曝光量增减多拍几张备选。

此外，工商事务类摄影中如果涉及到一些较大空间的拍摄对象，关键就是广角镜

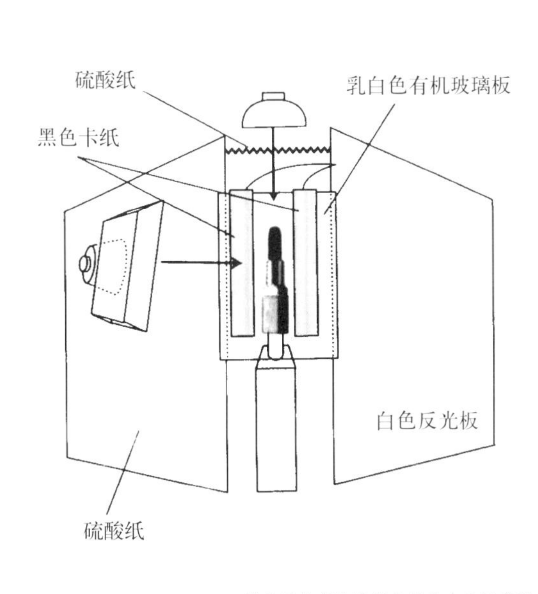

熊谷晃的商业摄影作品和布光示意图

Tips

建立在数码技术之上

在商业摄影领域，虽然有很多摄影师用胶片取得了很大的成功，但胶片时代正在消失，而且很快就会变成一种纯粹的私人爱好。商业摄影行业是建立在数码标准上的，你必须学习如何用数码技术思考、拍摄、后期处理以及最具效率的传输。

建筑室内的光线色温非常复杂，需要谨慎把握

头的使用。广角镜头对透视的适度夸张可以有效表现厂房、设备、办公室的宽敞气派，有时甚至运用宽幅或超宽幅的画面来强调场面的开阔。但是如有必要，一定要使用大画幅相机，将各种有害的透视或线条畸变降低到最低限度，以取得良好的视觉效果。

大部分工商事务的室内拍摄，都要组织灯光照明，而不是简单地利用现场自然光。对专业摄影来说，人工布光和利用自然光是有很大区别的。有经验的摄影师利用现场自然光虽然可以解决照度、色温等问题，但对光比或物体质感和细节的表现可能就无能为力了。如果想要营造气氛、掩饰缺陷，必须使用人工布光。从原则上讲，灯光的布置只要考虑四方面的要求：主光、副光、轮廓光、背景光。按照目前国际上比较流行的工商摄影模式，布光时经常在灯光前安置色片，将环境或者背景打蓝或打黄，有时甚至在画面中形成冷暖色调的对比。

在环境和建筑摄影中，各种光线的色温都不一样，经常是相差甚远。这时候并非一定要使所有光线的色温完全平衡，有时保留一些现场灯光的实况，有助于还原真实的气氛。但是如果拍摄中牵涉到必须还原真实色彩的物件，那么对色温进行严格平衡就十分必要了。不过从苛刻的角度来看，当两种光线的色温差别较大的时候，几乎是不可能将两者完全纠正为相同色温的。所谓的平衡其实只是按照主观的需要，以某一种色温为基础，然后让其他色温的光线向主导色温靠拢而已。由于拍摄现场经常是日光和灯光混合，或灯光和闪光混合，这就给色温的调整增加了难度。

当日光和灯光（主要是指白炽灯或卤素灯）混合时，日光色温高而灯光色温低，这时首先要分析照片的主体照明究竟是日光还是灯光。如果是日光，灯光充其量是或多或少给照片蒙上一点红黄的色调。只要日光和灯光在亮度上哪怕有半级之差，按照日光曝光就几乎可以不考虑灯光的色温对照片的影响。有时灯光的照明范围不大，画面中出现一些昏黄的色光，反而能真实反映现场气氛。如果要以灯光照明为主的话，最佳的方法是在灯光前面加色温校正滤光片，以使室内外光线的色温基本一致。如果情况不许可，那么只能按照灯光的色温来拍。方法是在相机镜头前加色温校正滤光镜，拍摄时有意让室外的光线曝光过度一些，以便冲淡一些日光照明的偏蓝色调。

当日光和闪光混用的时候，光源之间不存在色温的差别，一般不需要调整。当灯光和闪光混合的时候，灯光色温低而闪光色温高，这时只要在闪光灯前蒙上琥珀色滤色片，并使用灯光型胶片或者选择数码相机的灯光白平衡拍摄就行了。

在拍摄色彩还原要求严格的物体时，有必要注意拍摄现场的环境色调对被摄主体的影响。有时被摄主体离大面积的墙壁较近，墙面色彩鲜艳，色光的反射会造成照片总体色调的偏差。如果想利用荧光灯发出的光线照明，整个画面会出现难以纠正的绿色。遇到这类情况，一般只需保证主体的色彩还原就行了。最简单的办法是用闪光灯（哪怕是便携式闪光灯）的光线冲掉环境色光的影响。不过使用闪光的时候必须正确把握光比，让闪光的成分略微超出环境光一些。

四、摄影师的入行准备

在商业摄影这个圈子时间长了，都会发现一个常见的现象，每个热爱摄影的人都有一种强烈的意愿，想成为一名非常成功的摄影师，因为各持己见，所以对于如何成功这个话题就有了很大的分歧。

认为商业摄影师到达成功只有唯一的方法，这样的观点肯定是荒谬的，从事此道，成功依靠很多因素，如你的天资、个性、积极性、理解力、资源运用能力、随机应变能力，或许还需要那么一点点运气。

也许会有观点认为这样太主观，后期发挥的余地比较少，但你要知道，摄影是一门综合的修为，尤其是商业摄影，一定不是闭门造车的工作类型。

但工作中的激情，却是每一个成功的商业摄影师所具有的共同特征，持续地热爱着自己所从事的摄影，是助你走向成功的阶梯。与此同时，也有一种会让人非常沮丧的局面会出现，你自认为优秀的作品很可能会被客户扔进垃圾箱，这会让你从云端跌路谷底，甚至会怀疑自己所热爱的事业，但记住，这永远不是你的职业死亡钟声，既然你选择了商业摄影，在品尝成功喜悦的同时，也要时不时领略到失败的落寞。

当你决定从事商业摄影时，就像你第一次约会那样，每个熟悉的朋友都会给你意见，而且每个人的意见都只会让你更迷惑，比没有咨询他们时更加迷惑，所谓前辈们的意见向来如此。

造成这样困惑的原因是，每个人在商业摄影里成长的方式都不同，所以没有绝对适合你的建议，如刚才所说，像约会一样，你需要全身心投入此事，全神贯注，不得有丝毫的懈怠，这个行业的竞争很疯狂，如果你没有打算用商业摄影来赢取餐桌上的面包，没有把自己的生存、呼吸紧密地联系到商业摄影中时，笔者劝你还是另寻其他职业，这一行的饭不好吃。

如果你决定进入这个职业，有三个值得珍藏的私人建议给你：

1．当你决定开始这项事业时，你身处何地何境并不重要。与那些业已成功的摄影师相比，你并

商业摄影师的天空非常宽广

无不同或不幸。

2．有多少张嘴，就有多少种语重心长的建议，忽视绝大多数的建议，尤其当有些建议违背你的个性。

3．没有人会重视你，会雇佣你，在你设法让别人发现你之前。

非常值得庆幸，虽然一些新技术的发明已经重新定义了摄影领域，但关于摄影的一些基本规则并没有多大变化，我们依然可以随手拿起一架数码单反相机，将感光度设定在ISO100、光圈刻度设定为16、快门速度设定为1/125秒，拍摄处于明媚均匀的阳光下的主体，阳光16法则依然有效，我们得到的照片依然有一个体面的曝光效果。

但与此同时，单纯懂得这些已经不能让你像从前那样与众不同，只要懂得摄影基础技术知识就可以成为专业摄影师的时代已经一去不复返了，数码技术给我们的行业带来翻天覆地的革新，它的出现让任何不懂摄影的普通人都能拍得一张不错的图片，而且可以在有现场比较的情况下择优保留。对商业摄影师的要求则高了许多，最前沿的尖端数字技术，与众不同的创意性视觉，对图片的独特理解力以及对利益的追求等，这些都成了商业摄影师必须具有的特征。

在数码技术的运用上，笔者很早就开始尝试，同时也深深的感觉到这种技术的便利性，因为是尝试，所以也会经常性失败，重复性拍摄不在少数，但幸运的是，当时的客户对于此“尖端科技”保持着一种敬畏的态度，那些差错不至于导致苛刻的责备，客户一直将摄影师尊为尖端科技工作者。

对工作的理想要有高度

如今，神秘科技的时代也已经过去了，数码技术的家庭化普及让神秘的面纱荡然无存，客户的那种宽容也消失了，对于摄影技术的运用，大多数客户的耐心是非常有限的，在他们的理念中，技术运用不娴熟的摄影师，根本不配作为一名商业摄影师存在。

所以，专业的摄影教育变得非常重要，专业的教育在传授技术知识的同时，更重要的是让你认识到自己的特质所在、专长所在，同时提供了很多弹性的拍摄机会，即使拍摄失败也不至于很强的挫折感。要知道，所有职业的成功都离不开优秀的基础教育。

在择选教育时，请将以下几点加入到你的考虑中：

1．有比较全面的课程，而并不仅仅是摄影方面的。

2．学校在数码技术及其他新兴技术上，有比较大的投入，如器材及人员配置。

3. 学校在行业内有比较好的名声，有很多比你优秀得多的摄影师毕业于此。

4. 这所学校的教育要比较有趣，而不是很无聊，毕竟你读的大学。

在专业的摄影驾驭中，你将会学到超越书本上的知识，在商业摄影领域的成功，需要的技能远远超过会拍照片，会印放照片，会操作PS等，投资时间和资金在一所有眼光和胸怀的专业学校，这将是你职业生涯中最值得的投资，远超过那些昂贵的器材和装点门面的豪车。

每一位商业摄影师的天空都是多姿多彩的。

学校教育你如何用胶片拍摄，如何在暗房中冲洗胶片，如何用传统的方法印制照片，这些都是摄影教育中必须的，它可以建立摄影术的基本架构，同时让你深刻了解光线是如何工作。但是另外一半的时间学校必须教育你使用数码技术，虽然有很多摄影师用胶片取得了很大的成功，但胶片时代正在消失，而且很快就会变成一种纯粹的私人爱好。商业摄影行业是建立在数码标准上的，你必须学校如何用数码技术思考、拍摄、后期处理以及最具效率的传输，如果你想成为一名商业摄影师，而在择校的过程中，发现学校不提供这些，那另作选择吧。

国内有几所大学提供的摄影教育非常优秀，但为避广告之嫌，笔者在书中就不列清单或排行榜了。笔者曾经和一些摄影教育界的前辈交流，他们的话语中都可以读到这样一点：摄影技术本身是无用的，重要的是如何运用，以及谁来运用，同时都认为一所摄影学校容易考入，更容易毕业，那就不是一所好学校。

当然，无论你选择哪所学校，记住，学习的这几年，消耗的是你自己的时间和金钱，不要总是把时间花在咖啡、游戏和香烟上。这个行业，聪明的人太多，你要拿更多的东西到台面上，而不仅仅是会拍几张照片。

思考练习

1. 摄影棚的规划和使用有哪些注意的事项？
2. 外摄与现场实地跟拍和一般的拍摄有什么不同？
3. 商业摄影的技术准备主要有哪些，要点何在？

目　的 _ 主要跟随着摄影师的亲身拍摄体会，体验如何在商业摄影中化腐朽为神奇，感受商业摄影实战中的辛苦和收获。

要　点 _ 不同分类的商业摄影技巧的区别，重点培养可见性组合拍摄——即为在拍摄过程中，预知前期拍摄和后期修片的结果。

学　时 _ 32课时

第五章 / 商业摄影案例详解

在这一章节中，主要跟随着摄影师的亲身拍摄体会，体验如何化腐朽为神奇，感受商业摄影实战中的辛苦和收获，其中包括：

1. 器材的合理选择，在能够符合拍摄脚本需求、出图质量符合对应标准的前提下，顺手的、轻便的、易携带的器材绝对是你不二的选择。

2. 位置的精挑细选，一个规模庞大的楼盘，需要你把楼盘的气势拍出来，你围着它转三个月不停止地拍摄，也比不上空中的一个俯视镜头来得有气势，所以你应该知道拍摄前选择位置的重要性了。

3. 拍摄过程的可控性，商业摄影师需要做的是，一切都在控制范围之内。

4. 可见性组合拍摄，意思即为在拍摄过程中，摄影师或者制片人需要知道拍到什么程度就可以达到预期效果，因为在后期的数字修图中，修图师发挥的余地还有很大。

一、建筑、楼宇外观的拍摄

当面对大自然的鬼斧神工时，人们往往感觉自己很渺小，同样，在面对一些叹为观止的建筑时，你也会有同样的感觉。

所以，当摄影师接到拍摄建筑的任务时，最需要做的就是用相机将对建筑的思绪描述下来，同时加入客户的指导意见，整合成一张图片，它足可以感动到未曾见此的人，也要让习惯于此的人重新审视这幢建筑的美感。

拍摄一幢建筑的外观或氛围，需要注意的实在太多了，我们用案例来慢慢说明吧。

图中所示为地处上海淮海中路的香港新世界大厦，当初接到此案时，确实是一种挑战，因为拍摄过的人太多了，网上的图片也很多。想要与众不同，就需要更多的智力和挑战，对于摄影师而言，很多时候前期的准备和策划往往比中期的拍摄更加重要。

在实地踩点以后，笔者的团队与客户商量一致，最终的图片重点在于表达此楼的气氛。

第一步，器材的合理选择，由于此次项目是拍摄建筑，可能很多摄影师会认为大画幅相机是最好的选择。其实不然，大画幅相机的优点自不必说，但缺点同样显而易见，操作繁琐，携带麻烦。如果知道摄影过程中需要将摄影师用保险绳挂在30层高的楼沿处来拍摄，那大幅相机绝对无任何用武之地。我们只选择最适合的，而不一定是最好的。拥有2000万像素的佳能5DⅡ机身，以及EF 16-35mm f/2.8L II USM镜头，这样的组合足够拍摄大场景，而在一些夜景细节的表达上，蔡司公司研发的Distagon T* 2.8/21镜头可以让很多细节呈现，正如蔡司公司广告语所言：We make it visible。在夜景的细微之处，这款镜头有其强悍之处，当然拍摄这些项目，一款坚固的三脚架是不可缺少的，在外景拍摄上，往往选择Manfrotto055XDB和229三向专业云台的组合，在携带性和稳固性上有很好的平衡。

第二步，挑选最佳的拍摄位置，拍摄一幢建筑绝对不像拍摄肖像那样，可以到了现场再做抉择，甚至可以要求被摄体改变站位，方便拍摄，拍摄建筑时，你做不到那样随心所欲，建筑只会一成不变地竖立在那里，你不可能要求它做任何改变，如果到了正式拍摄时，你对拍摄的位置没有清晰的认识，那拍摄时，你的悲剧就上演了。要知道，一般高大的建筑，拍摄点都会稍远而且有点高度，客户按照你的要求将楼前清场了，楼里的景观灯全部打开了，所需要的人员也全部到位了，作为摄影师的你突然发现，这个角度不好，我需要换个角度，你的委托人会很不耐烦你这种不专业的做法。所以最好的做法，就是在拍摄前，找时间确定好拍摄位置。到正式拍摄时，你需要做的就是用你的专业知识将对象拍摄下来，而不是东跑西转寻找位置，那太不符合摄影师的专业身份。

第三则是拍摄过程的可控性，所有的摄影师都希望自己在拍摄过程中有十足的控制力，其中包含对器材的有序控制、对助手的指挥得当、对客户协同工作的配合、对被摄体的安排（如建筑的清洁，景观灯光的开放，门口迎宾人员的站立等）。这些都体现了一个摄影师综合的素质，绝对不是按动快门就能解决一切问题。

第四点则是预见性拍摄，在最后的拍摄过程中，艺术美的追求总是无止境的。你

Tips

建筑摄影的光线

为建筑摄影时，当环境中主要由荧光灯提供光线，或照明灯光发出的色温复杂混乱时，一定要用闪光压制现场光，即闪光为主，灯光为辅。具体的光比维持在2：1左右比较合适。

Tips

建筑摄影的色彩

在拍摄色彩还原要求严格的建筑时，有必要注意拍摄现场的环境色调对被摄主体的影响。有时被摄主体离大面积的墙壁较近，墙面色彩鲜艳，色光的反射会造成照片总体色调的偏差。如果想利用荧光灯发出的光线照明，整个画面会出现难以纠正的绿色。遇有这类情况，一般只需保证主体的色彩还原就行了。

不太可能让自己拍摄的图片惊艳绝伦，总会有一些缺憾，因为技术或者前期准备的原因，你不可能要求自己的团队和客户无休止地围绕在你周围，直到拍摄到“完美”的图像。况且这种绝对的完美也很难达到，所以作为一名商业摄影师，你要知道适可而止。在你拍摄的过程中，你要知道手中的相机拍摄的素材及主体是否能够完成前期脚本的任务，如果确信可以达到了，那就可以结束工作，这也是摄影师的能力之一，拍摄的水准是一回事，而在拍摄的同时所表现出来的专业度和胸有成竹也是很重要的。

▲ 拍摄高大的建筑，占据制高点非常重要，俯瞰建筑群，图片更有气势

客户之一_香港新世界大厦

拍摄大纲_

香港新世界大厦是一幢豪华型甲级写字楼，地处中心区域，希望用一组图片表达大厦本身的外貌以及周围环境的高端和繁华。

机位选择_

从周边建筑取高机位，楼前水池取水平局部角度，室内高角度俯瞰周围夜景。被摄体本身并无多少与众不同之处，稍显陈旧的外墙体，显然不是我们拍摄的重点，拍摄时间放在物业清洁楼体外观之后，可以最大限度地保证被摄体的高水准，同时在拍摄的时候安排物体打开大厦所有的景观灯，以现璀璨效果。

拍摄_

拍摄过程并无多少新意，前面的文章已经叙述得比较清楚，这里就省略一些文字。

艺术指导_

客户没有选用艺术指导，权利全部交给摄影师，基本格调很清晰：功能至上，奢华至下的写字楼，除了强调它的功能之外，更多的影像应该描述所处地貌及周边环境，用细节表达高端，用光线阐述价值。

结果_

客户非常满意，无论从图片的质量上还是感觉上，都无可挑剔，这是一次成功的拍摄。

▲ 横画幅的优点在于宽广的视野范围，远处的天际线增加了画面的纵深感

◀ 仰视角度的建筑照片往往不需要很多，但夸张的透视依然是独具一格的效果，关键在于镜头及拍摄点的选择

▲ 超宽画幅的图片，使用拼图软件来完成，必要条件是稳定的三脚架和阻尼适当的云台

◀ 顶层的办公楼，用高角度拍摄可以突出自身的高度，但室内外的曝光差异需要后期协调

◀ 建筑周边的环境往往也是需要拍摄的对象，他们可以起到很好的烘托作用，多光源的环境对于曝光控制有很高的要求

◀ 搭画框的构图方法在商业摄影中经常使用，可以使观者视线聚焦

◀ 虽然被摄体在构图上被截断，但丝毫不影响照片的整体气氛

客户之二_无锡君来湖滨酒店

拍摄大纲_

无锡君来湖滨酒店坐落于无锡风景区中央，独享太湖最美一隅，饱览湖江山色，紧靠蠡园、鼋头渚等著名景点。希望用图片表达酒店位置之独特，观景房景观之宽阔，设施之豪华典雅。

机位选择_

为表达酒店所处环境，尽量多运用前景、背景，考虑将湖面作为前景，将旅游景点的栏杆作为前景，在酒店别墅外景的拍摄上，尽量多取景周围的树木，凸显惬意的环境。作为君来湖滨酒店楼体本身来说，几乎完美，周围没有遮挡，临水而建，稍有弧形的外墙线条结合柔美的水面，几乎已经勾勒出一幅优美的画卷，摄影师需要做的只是在等待，等待恰当的时间按下快门，运用摄影技术知识记录下这一切。如果说有遗憾，那就是当天拍摄时，入住的客人太多，而酒店方无权要求客人打开所有的房间灯光，所以，楼体稍缺动感。

艺术指导_

担任此次拍摄的艺术指导是一位中年的女士，来自酒店的广告部，她的视觉理念比较传统，不太能接受太过活泼的构图和太过前卫的画面，所以完美地呈现和稍加美化是拍摄的重点任务。

结果_

摄影师本来有一个绝佳的创意，将太湖之畔的酒店拍摄风格定为水墨画风格，但艺术指导并不同意这样的观点，认为那样会削弱酒店的豪华装饰，所以最终采取现在的方案，最终的图片无论是构图还是色彩，都是属于最符合大众审美观的图片，好看但不是最耐看，这幢建筑的拍摄，可以挖掘的地方还有很多。

▲ 道具选择对于摄影很重要，加长的豪华轿车体现了酒店的豪华程度

▲ 高角度的大广角场景，建筑主体在画面中只占很小一部分，但用此图说明酒店所处位置却是极佳

▲ 在拍摄临水的建筑时，可以考虑水面的倒影效果

▶ 白天的大场景是必不可少的，技术要求主要控制天空的曝光和楼体的变形

▶ 夜晚的摩天轮和建筑遥望而立，构图时的有意安排让画面增色不少

◀ 用古色古香的栏杆作为前景构图，古和今的画面冲突会让效果更明显

◀ 选择花丛作为前景，在丰富构图的同时也说明了极佳的居住环境

Tips

利用进入室内的阳光

把窗外射入的阳光作为主光源进行室内景观拍摄时，可以合上百叶窗或窗帘，减弱太阳光的强度，使其变得柔和而均匀。同时还可以在房间的其他地方添加辅助灯光，这时候要注意光源的色温必须和日光的色温一致。

二、酒店、样板房、空间的营造

面对装饰豪华的样板房和高星级酒店房间，作为摄影师的你肯定会觉得随手拍拍都不会差，其实错了，试想一想，如果你在拍摄一位模特，当拍摄对象卓越非凡，漂亮异常，而你拍得的片子却平淡无奇，这是一种多大的罪过。而现在，当你面对一些装修得非常好看的样板房时，作为摄影师，你拥有同样的处境，拍出好图片是你的应尽职责，而如果拍出了很普通的片子，则是你的极大失职。

拍摄内景，通常会遇到如下几个问题，一是取景非常困难，这是由空间的局限性造成的；二是现场灯光的取舍；三是室外光线的取舍；四是室内物品的品质和摆放标准。怎么解决这些问题，笔者的经验是因客户而异，你不可能要求一个二星的宾馆在拍摄时将标准立即提升至五星，这不合理，也涉及到影像作假的问题。其实作为摄影师最大的职责就在你能力和器材范围之内创造符合客户要求的图片，如能皆大欢喜，客户满心喜悦，祝贺你，你已经成功了。

下面用两个案例来简单描述如何拍摄。

客户之一_上海外滩茂悦大酒店

拍摄大纲_

作为Hyatt家族的一员，装修豪华、舒适、高雅的客房是毋庸置疑的标准配备，而本次拍摄的重点在于大厅及会议厅等一些公共区域。

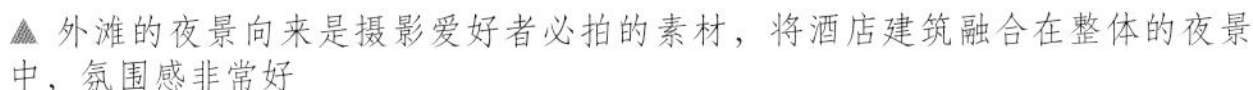

▲ 外滩的夜景向来是摄影爱好者必拍的素材，将酒店建筑融合在整体的夜景中，氛围感非常好

◀ 拍摄此类图片的诀窍在于“整齐”，所以红外线校准仪是非常有效的辅助器材

◀ 课桌型的会议厅排列，诉求点在于空间，在合适的机位上用广角镜头拍摄都可以达到类似效果

机位选择_

酒店的大堂设计非常开阔，高度也非常罕见，所以在拍摄大堂时，需要一个绝对的制高点，才可以俯瞰整个空间，一架10米左右的升降机是少不了的。会议厅的天花板设计得很有特色，全是树叶形状的灯光，所以在决定机位时，要兼顾会议厅场景和楼顶。餐厅则需要在机位上表达出纵深感，空间的延续性才能得以体现。

▲ 升降机在拍摄高机位的时候非常有效，当你的机位升高20米后，你会发现，取景框的场景完全不同了

艺术指导_

本次拍摄的艺术指导是酒店公关部的人员，对于细节并没有特定的要求，只要在整体感觉上能体现上海外滩茂悦是处在时代尖端的酒店，设计别具一格，富有活力，充满朝气，具有现代感，同时可以体现建筑内部的宽敞和高挑。

结果_

艺术指导是一名刚从其他岗位上调换过来的新手，懂得一些，但不多，却要求甚高，而且全靠感觉，感觉这个东西最玄乎，作为否定的理由也最无可否定。所以此次拍摄比较纠结，当样片出现在屏幕时，也许艺术指导对于自己的艺术判断并无多大自信，她总想再多做一次尝试，而作为一名摄影师，你必须要有足够的智慧来处理一切事情，让事情最后向完美发展。

▲ 灯光的错综复杂，难度在于曝光的平衡，如果不能在同一张图片上达到完美效果，不妨试试多张图片合成

在这里，有几个经验介绍给你_

- 表现得聪明一些，坚信没有什么处理不了的困难。当你作为主拍摄影师时，在你周围的人会提供很多意见给你，你永远不知道下一条智慧的火花来自谁之口，但你必须要筛选，从而决定后面的拍摄进程记住，当你做出决定后，要务必使所有人员同意并服从你的意见。
- 不要让别人意识到你的惊慌，要胸有成竹，相信你自己的团队，他们的目标和你一致。
- 相信你的专业知识远高于客户，用一种比较容易接受的方式让客户慢慢接受你的观点，如果还是不能接受，从他比较有兴趣的话题开始，到图片的确认为结束。
- 善待你的助手及团队，千万不可以因为拍摄过程的不顺利，迁怒于他人，这是摄影师最懦弱的行为。

◀ 通过技术手段，达到小景深的效果，同时暖色调的画面会让观者更有亲切感

▲ 尝试不同的构图，用前景的水池、夸张的视角、汇聚的楼体表现与众不同

▲ 有意运用冷暖色调对比，画面通透感更好

▲ 拍摄此类图片经常犯的错误在于，前景太过于简单，造成视觉的失衡

客户之二_成都富豪首座酒店

拍摄大纲_

紧致的客房设计，豪华舒适的体验是此次拍摄的重点，与此同时，精心设计的高楼层加上以明亮简洁为主的装修色调，需要用图片显出格调高雅的品位。

机位选择_

酒店的大门设计非常有特色，两座高耸的建筑夹着飞碟状的门厅，而且在大门前有设计非常漂亮的喷泉，所以仰视的广角效果是必不可少的。此酒店以豪车为主要特点之一，所以在很多场景里，有了车的元素，而在拍摄时，稍低的角度会显出车的动感。同时各种常规角度的场景拍摄也是一定需要的。为了显示酒店服务的可靠和及时，在拍摄时加了动感的效果，这在机位的选择并无多少要求，只是技术要求稍高，需要多做尝试才能成功。

艺术指导_

与一位信任摄影师的艺术指导合作是非常幸运的事情，你可以多做尝试，创作不同的风格，他不会蛮横得指责你的想法，也不会动则以客户利益最大化来苛求摄影师，他做的事就是把握总体风格，并同摄影师一起将创作的激情调动，得到最好的作品。此次拍摄的艺术指导非常优秀，对于拍摄的构图及摄影师的想法毫不干涉，只是拍拍摄影师的肩膀：我相信你，把我们的梦想图片拍出来吧。有这样的艺术指导，你得玩命干，才能不辜负别人的信任。

结果_

与优秀的人合作你也会变得优秀，这句话永远不会过时。看看此次拍摄的图片，就会明白这句话的含意了。这批图片完美体现了酒店的风格，雅致、豪华、运动都能在图片中寻觅到。

在此，给初入行的商业摄影师提要几个步骤，逐渐正确认识到自己的价值，才能挺直腰杆与艺术指导及客户交流，用自己的理念去影响整个拍摄流程。

具体步骤_

- 懂得自己价值几何，同时也不要低估自己的价值。
- 寻找合适的时机跳跃前进，放弃一些单纯为了赚钱糊口的客户，将自己的拍摄水准提高，长期来看，这是非常有效的策略。你会节省很多的智力和劳力去做更有意义的事情，同时也断绝了你的惰性。
- 学会干脆地拒绝，无论是在洽谈时，还是在拍摄过程中，当你发现你的个性完全被忽视，拒绝别人并不意味着你的人品很烂。客户永远不缺拍摄的摄影师，你也不必有什么心理上的负担，拍摄不是非你不可，但如果拍摄成了让你烦心的事情，就到了说不的时候了。

▲ 选择豪华跑车作为道具，可以避免大门处过于空旷，充实整个画面，但切忌喧宾夺主

◀ 慢速快门使水流雾化，均衡式的构图，画面很稳重

◀ 小型会议厅拍摄，通常遇到最大的问题就是桌面反光和吊灯过曝，前者可以通过丰富的摆台来避免，后者可以通过多次曝光和合成

▲ 逆光适合表现玻璃杯，但需要注意补光，场景的安排也颇有用心，游泳池处在中景的位置上，感觉很好

▲ 样板房拍摄，在画面要体现深度，所以前景和背景都需要特意安排或后期修图达到

▲ 有很多玻璃材质的环境，通透感是表达的重点，在技术要求上稍有难度，反光、眩光都是需要抑制的对象

▶ 慢速快门，行走的服务生稍显模糊，画面节奏比较强，控制要点在于快门速度和动体的配合

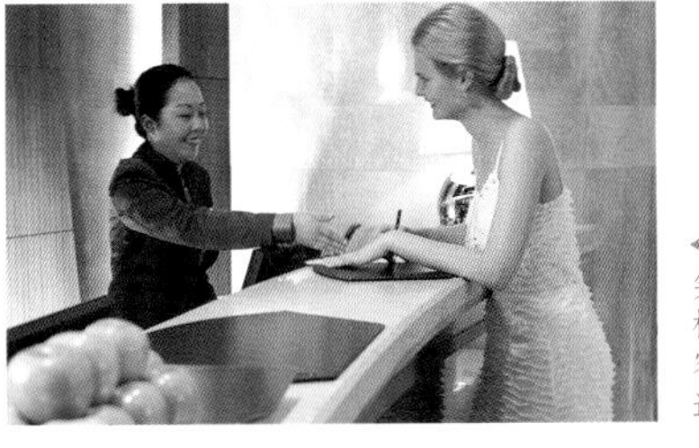

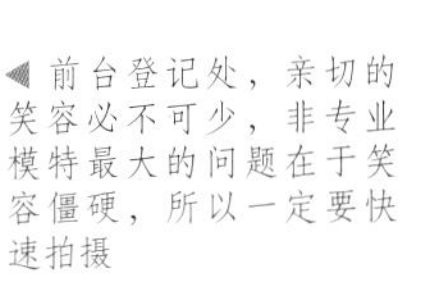

◀ 前台登记处，亲切的笑容必不可少，非专业模特最大的问题在于笑容僵硬，所以一定要快速拍摄

三、高级行政人员肖像

高级行政人员肖像这个名词是本书首次提出，从摄影类别上来讲，应该就是肖像摄影的一种，但肖像摄影太过于笼统，不能精确概括此类摄影的特点，这种图片一般都有约定俗成的标准，在创造力上不需要摄影师太多的思维，但最重要的一点就是无论哪类客户，如果他们雇佣了你作为此类图片摄影师，你需要给他们制定标准，而且要非常精确，确保客户集团下所有的行政人员肖像图片都运用你的标准，无论是你亲自拍摄还是雇佣其他摄影师拍摄（涉及到国外有分公司，而拍摄几张肖像会造成成本太高，所以都在当地雇佣摄影师，而运用你制定的标准），这类标准如何制定在下文中会有案例展示，可以参考。

再说此类图片的用途，为什么用高级行政人员肖像这个称谓，其实是因为拍摄对象才取这样的名称，一般的证件照并不在此范围，这些往往是一些大型的集团、跨国企业才需要的业务，他们希望在肖像上有一个标准，当公司高级行政人员的肖像在企业网站、年报及一些公开媒体发表时，才能有统一的效果，维护公司的形象。

拍摄此类图片的要求往往比较简单，而给予的拍摄时间也比较短，不会有太多的时间让你测试光线，让你在电脑屏幕上比对哪种效果更加出色，你要知道，对于商场上的高管而言，他们时间就是金钱。所以，你必须快刀斩乱麻，用拍大头照的时间拍出符合专业水准的行政人员肖像，在形式上可以尽量简单，但在表现对象的内容深度上，要能用一张肖像表达出对象的专业感觉，这就是挑战。况且这类拍摄对象并不像模特那样全是俊男靓女，很多都是中年人，在形象上不出众。

客户之一_美富律师事务所

拍摄大纲_

作为全球最大的国际性律师事务所之一，拥有18家办事处和千余名律师，必须建立统一的肖像标准，在图片上能让观者感觉到业界领跑者的气质，领略到作为谋划者的自信。

机位选择_

此类图片的视角以平拍为主，选择人物眼睛的平视高度作为基准线。这种高度所拍摄的画面效果符合人的视觉经验，构图平稳，无特殊变化因素，比较容易体现被摄人物的自信和亲和力。同时在拍摄时，人像主体可以略微侧身，完全正面可能会稍显死板。

艺术指导_

自信、亲和力、笑容是这次拍摄的重点，缺少了这些，图片再怎么好看也是失败。同时着装也很重要，安排被摄人员正式着装，男士穿着西服、有领衬衣、领带，避免过于鲜艳的颜色和图案。女士的穿着尽量避免花哨，饰品应尽可能减少。人像主体的眼神必须与观众有正面的接触，不能躲闪，直面镜头。

结果_

通过此次拍摄，笔者给客户建立起肖像摄影的规范，用文字和图片明确地标示了布光、构图、机位选择、拍摄器材的选择以及后期处理的基本手法，有了这样的标准，即使有后来的摄影师拍摄，照片都会在同样的标准内，不会有太大的风格变化，对于客户而言，当然是一件非常满意的事情。

Tips

涉及姿势

肖像摄影在设计姿势时务必重视身体的语言，有时身体的语言可能比漂亮的脸蛋还能吸引人。当拍摄半身照时，人的头部和身体形成一条直线，拍出来总有一种“案犯照片”的感觉。这时假如转动一下头部，扭摆一下肩膀，或干脆让脑袋向左右偏斜一点，甚至甩动头发，照片会优雅传神得多。

▲ 在类似的画面效果中体现各自不同的个性，这是最大的挑战

Tips

戴眼镜的肖像

拍摄戴眼镜的人物照片有一些特殊性。为了避免具有屈光度的眼镜片所造成的透光变形，可以在所戴眼镜上配置仿真弧度的透明塑料片。为了不让被摄者四周的物像出现在镜面上，这时要用大幅的透光纸或反光板将人的两侧包围起来。为了消除眼镜框在脸上产生投影，灯光的高度和角度要仔细调节。

▲ 布光示意图

▲ 网站运用标准

▲ 器材要求，不一定完全遵守，但这是最低限度

Tips

肖像摄影的装饰光

经典的肖像摄影经常会采用装饰光来弥补主要光线在塑造人物上的不足，达到美化形象的作用。这种光线是局部的，主要表现为眼神光、发光（照亮头发），也有可能是在画面当中制造高光，以摆脱平庸的俗套，传达出明快独特的风格特征。

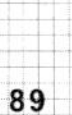

Tips

肖像中的手

拍摄半身照片时应该注意到手的传情作用，假如被摄者有一双经看的“巧”手，一定要设法让它们尽量发挥优势。

Tips

肖像中的背景光

背景光的作用是把人物同背景分离出来，使画面呈现出明显的空间感。有时这种光照可以营造出特定的光影效果，烘托被摄者的造型特点及精神面貌。

客户之二：深圳大梅沙京基喜来登度假酒店

拍摄大纲_

大梅沙京基喜来登度假酒店位于久负盛名的深圳大梅沙海滨。作为一家度假酒店，拥有一个至高无上的使命，即为客户提供舒适的服务，所以在行政人页肖像的风格上和前面的律师事务所有很大的不同，这里需要展示的是专业的服务态度和亲和力。

机位选择_

其实在正式肖像的拍摄领域，可供选择的机位并不多，首先被摄人物确定无疑是我们需要表现的主体部分，除了采用特写机位选择，还有一种带景机位选择法，即通过人物和前景、背景的完美搭配来进一步美化和表现主题。此案例中即时采用后一方法，选择特定的背景来表现被摄人物，既增加了照片的色彩丰富度，同时也用场景烘托了氛围。

艺术指导_

来至酒店传媒部的艺术指导在工作记录表上这样写道：“我们需要一些不同于典型工作室肖像的照片，之前我们拍摄了很多照片，但都不能体现我们所想要表达的状态，我们要展现被摄人物在正式的着装下处在放松的状态，而这种放松的状态要散发这一种亲切的服务意识。当摄影团队选择好场景，安排好被摄对象试拍时，我告诉他们‘保持这个状态！’，我认为这些照片会很好，因为这是同事们自然的状态，拍摄这些照片时，我甚至还没有一种成熟的具体想法，但我感觉摄影师不会让我们失望。”

▲ 寻找习惯的场景与被摄人物结合，可以让被摄者放松，从而获得优秀的照片

结果_

通过摄影师的选景，以及对被摄对象的简单安排，可以达到让这些肖像和那些矫揉造作的正式肖像形成区别，摄影师很好地捕捉到了拍摄对象的轻松神情，表情十分富有感染力，看到的人都认为他们会是容易打交道的人。

在这里，摄影师有一些建议给读者_

- 在肖像摄影中，很多时候你的创意不能得以发挥，因为构图都在极小的范围中进行。当你在拍摄前，需要快速抉择的是三个方面的内容，画幅的选择，画面的主体部分和画面的留白。
- 画幅的选择即是选择横画幅、竖画幅或其他特殊画幅，在进行肖像拍摄时，摄影师首先需要考虑的就是选用何种方式来框取被摄体，根据被摄体的形态来选择画幅是比较稳妥的方式。
- 画面的主体部分必须是整个画幅的兴趣中心，不可以有其他干扰的成分，如特写画面的兴趣中心必定是眼睛，半身肖像应该是脸部，不可以有多重兴趣中心，造成画面的混乱和无序。
- 画面的留白并不意味着一定是白色的区域，而是除了主体部分的其他区域，留白的部分需要衬托、说明主体，同时还能对主体部分起到补充、强化的作用。

▲ 选择舒适的坐姿，被摄人坦率一点，照片也会更加真实可信

▲ 目光凝视镜头，面带微笑，亲切感能直达人心

Tips

肖像中的轮廓光

轮廓光大多从背景的侧后方以逆光的形式出现，有时可能从正后方或侧后两边出现。轮廓光的光性较主光和副光硬一些，光比也稍大一些，但必须注意排除轮廓光给人物正面带来的阴影。

四、时尚肖像的拍摄

时尚肖像向来是摄影种类中的重中之重，是聚集摄影师最多的领域，也是大师云集之所，他们用非凡的创意和源源不绝的灵感，拓展了视觉效果的新境界，同时也打开了你我的口袋，带来消费的冲动。

其实时尚肖像这个名词并不太精确，从“时尚”这个词来看，具有很宽泛的意思，时尚的英文为fashion，意为在特定时段内率先由少数人尝试、预料后来将为社会大众所崇尚和仿效的生活样式。如今这个名词经常挂在一些人的嘴边，频繁出现在报刊媒体上，追求时尚似已蔚然成风。

时尚和服装、化妆品、珠宝以及饰品等的结合，催生了时尚摄影，时尚摄影更是一个宽泛到无边的概念，用一本书也无法详尽叙述，那当然也在笔者的能力之外。所以本书探讨的仅仅是其中的一小部分：时尚肖像，题材为肖像的时尚类摄影。

时尚肖像通常具有时限性，对它所拍摄的对象而言，再美的肖像也不会永远具有魅力，但就其摄影本质来说，它却具有永恒的魅力，这就是摄影师需要在瞬间所捕捉的内涵。

当然作为一名摄影师你要记得，这是商家用来挣钱的手段，你千万不可对着商业的时尚肖像大加指责：不够艺术。这不是艺术，而是商业手段而已。

因为这不是本书作者拍摄的重点，所以在叙述中就相对简单一点。

Tips

灵活调整站姿

由于人们在站立时习惯性将双手并拢放在腿边，给人一种僵硬死板的印象。这时不妨找来一个高脚凳，让被摄者半倚半坐，然后做出前倾、后仰、左摇、右摆等动作，也可以借助腰的扭动而使上身活跃起来。

客户之一_翔实玻璃

Tips

让模特儿放松

在拍摄中，最重要的是让模特儿放松下来，轻松自然地进入拍摄状态。你一边调整设备，一边请她先做几个姿势，然后先拍几张“不过试试曝光如何”的照片。不停地和她交谈，不停地给她打气，不断地恭维，不断地和她开玩笑，使整个拍摄像嬉耍一样。不一会她就会开始欢喜起来了，放松下来了，轻松自如地做起姿势，笑容多了，眉目间更传情了。

拍摄大纲_

作为一家玻璃行业的领军者，客户并不希望在细节上有太多的展示。用模特来表达追求完美的、时尚的、简洁的企业文化，而在这样的拍摄大纲下创造出来的形象注定不会与其他厂家相同。在解决了自身产品问题的前提下，这样的拍摄带有广泛的吸引力。

机位选择_

在时尚肖像的机位选择上，教程太多了，本书就不一一赘述。但就如前文所讲，前人的意见会给你提供帮助，但你肯定不能照搬，因为没有两次拍摄是相同的，所以你需要设身处地地考虑拍摄题材以及现场状况，然后决定用什么样的机位。本案例中，由于拍摄的题材要兼顾到周围的产品，所以低角度的广角是最佳选择，同时结合一些近景的特写。但每一位摄影师都应该懂得，在拍摄肖像时，借助女性曼妙的体态来增强画面的表现力是一种比较简单的方法。

艺术指导_

大方、开放、奔放，明快的产品特质需要在场景中体现。

结果_

作为商业拍摄的好处在于可控性，当你把前期的准备都做好了，其实后期的拍摄也就是看图说话而已。摄影师的个人艺术观念是很难得到体现的，因为相对于客户的要求，很多时候是相冲突的，而一个优秀的摄影师就在于能将两者尽量地靠拢，既满足客户的需要，也符合自己的创作理念。

▲ 注重产品诉求，重点在于舒适的空间感

▲ 模特重新整理头发时，摄影师注意到这种造型，让她保持并拍摄下来，优雅的曲线让照片很出色

▲ 请随意走动，这是摄影师经常和模特说的话之一，在走动时，人的姿态往往比较自然

▶ 模特在镜头前感觉放松和舒适时，可以尝试拍摄一些非正式的环境肖像

▲ 摄影师通常要鼓励模特，让她们去想象身处特定场景，身心自然舒展，需要有这样的互动，而不是为拍摄而摆姿势

Tips

选取有个性的模特

选取的模特不但要漂亮出众，而且还要有个性。因为个性独特的模特儿的气质是不可替代的。

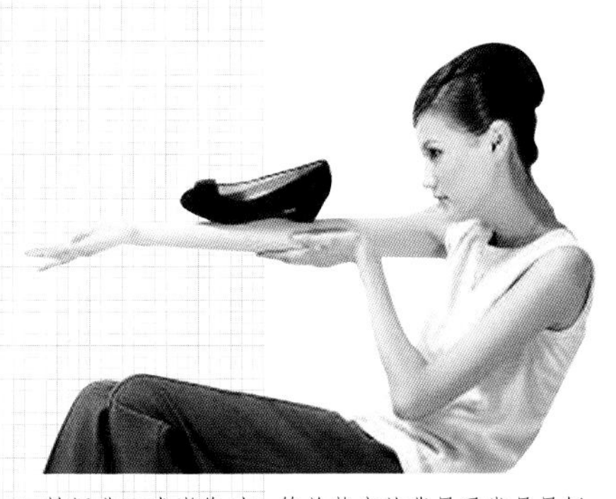

▲ 拍摄非正式肖像时，简单整齐的背景通常是最好的，也是最能体现效果的

客户之二_东艺鞋业

拍摄大纲_

中国500强民营企业之一的东艺鞋业，在产品的诉求上追求活力、动感及开放的心态，整体的拍摄要能体现出活力四射的感觉。

机位选择_

只要有可能，在拍摄人物时，我都会稍微降低机位，体现被摄体的挺拔。而在被摄体的安排上，则让模特在镜头前运动起来，通过摄影师的抓拍来体现动感，当然这对摄影师的摄影基本功有一定的要求。

艺术指导_

企业的理念为：追求卓越，缔造完美。在这样理念的支持下，从寻找模特，到化妆师、造型师，最后到拍摄，后期处理都需要一丝不苟。

结果_

当你把摄影的工作做到细处，结果自然会很好。

几点专业的建议_

- 光线很重要，正面光、侧面光、逆光等光线需要利用好，因为光线可以突出被摄体的形态并增强立体感，这是任何照片都不排斥的优点。
- 重视镜头的选择，在肖像拍摄中，景深的运用非常常见，而在控制景深方面，镜头发挥了至关重要的作用，况且各种不同视角的镜头提供的视觉冲击力完全不一样。
- 突出人物的眼神，肖像摄影基本都是针对眼睛合焦，如果眼睛没有合焦，整张图片都会显得没有生气。
- 明确目的性，即本次时尚肖像需要表达的重点是什么。摄影师最容易犯的错误就是照片很漂亮，但没有利用价值，时刻记住这是商业摄影，而不是创作。
- 后期修图很重要，化腐朽为神奇的例子实在太多了。

▲ 模特的组合拍摄，需要尝试多种造型，相互的配合很重要

▲ 用高速单反相机的好处之一就是可以抓取运动的瞬间

▲ 这幅照片展示了一种创造性的思维，并且充满了运动感

▲ 照片中的每个元素，都可决定照片的整体影响力

五、食品类摄影技巧

相机的诞生真是一项伟大的发明，我们一直坚持认为美好的事物都应该永远保留下来，美食当然也一样。除了学会制作美食、品尝美食，更要保留美食的影像。

相对于其他门类的摄影，食品摄影相对简单，首先在器材的要求上并不复杂；其次也不需要很大的场景布置，这就给摄影师带来很大的便利，要知道很多时候，拍摄之前的准备比拍摄本身更加烦人，而现在，这些问题都变得简单，轻装上阵就可以了，一台相机、两架带反光伞或柔光箱的闪光灯以及一个结实的三脚架就可以应付大多数的需要了。

Tips

产生食品烟雾

在咖啡中加上少量的醋酸，然后再滴上几滴氨水，能产生不错的烟雾效果。拍摄滚沸的汤锅，不必真使用开水，可在锅底接一软管，通入空气，便可模拟开锅的景象。

▲ 极小的景深，紧紧抓住你的视觉重心

客户之一_Sasha's西餐厅

拍摄大纲_

这座西餐厅菜式本无稀奇，倒是西餐厅建筑本身有几分传奇色彩，坐落于上海衡山路及东平路口，幽雅华贵的欧式建筑，犹太商人设计。1927年，蒋介石和宋美龄在上海成婚，宋子文将这幢楼作为嫁妆赠予宋美龄，令Sasha's成为宋氏家族著名的建筑物之一。可以说Sasha's见证了上海的历史变迁，而如今辗转成为一座优雅的用餐场所—Sasha's。所以本次的菜式拍摄绝对不能平庸，否则对不起这幢优雅的建筑。

机位选择_

大部分的西餐拍摄都需要选一个可以强化画面，但不喧宾夺主、杂乱无章的背景和布局，一块单色的桌布，一张干净的桌面，都是不错的选择。拍摄前要清除周围的无关物体。而在机位的高度上，也并无多少选择，和拍摄台面成30—45度的夹角是最常用的机位高度，但也可以尝试一些俯视的角度。画面的布局上需要非常紧凑，不可以松散，因为我们拍摄的重点是勾引观者的"美食情结"，所以一定要拉近，有亲临现场的感觉。

艺术指导_

"安静、雅致、色彩、质感，眼神与菜接触的刹那，精致的食品艺术取代饮食本身。"Sasha's的大厨担任了此次拍摄的艺术指导，他对于图片有上述的要求，虽说有点玄乎，但基本是把握了西餐摄影的精髓。

结果_

一次成功的拍摄，原因并不全在于摄影师的功劳，充分的前期脚本和精致的菜式让拍摄变得简单，这再一次证明了摄影很大程度上受制于被摄体的好坏。

食品摄影的主要目的就是很好地表现出食品的色、香、味以及质感，通过画面以引起观者的食欲。食品摄影是很常见的拍摄类型，也不太复杂，但在拍摄时机上却是难拍的题材之一，因为食品往往只在烹饪好的时刻才达到完美状态，而维持这一状态的时间只有几分钟甚至只有几秒钟之短，烹饪好的食品经过造型、布光、测光和试拍以后，有可能变得晦暗而无生气。因此，把握好食品摄影的时机是非常重要的。当然与专业的厨师合作可以让你事半功倍，他会把握好食品的观感和质感的度，可以让你从容地拍摄。

而在食品拍摄领域，中餐、西餐的拍摄也截然不同，西餐相对好拍摄一些，中餐因为烹饪过程的关系，往往缺少一些质感和设计感，需要摄影师和厨师提前沟通，掌握好食品的熟度，确保图片的新鲜感。

下面选择两则案例，分别介绍西餐和中餐的拍摄，希望能对读者有所启发。

▲ 样式简单的盛具，搭配浅色调的背景，干净素雅

▲ 俯视角度拍摄食品，整体感比较强，但细节表现不足

▲ 45度的视角虽然比较普通，但搭配合理的道具，即使再简单的菜式也会避免平淡

▲ 拍西餐时，摆盘是一门学问，直接和最终的图片效果相关

▲ 斜构图画面具有动感，这样的构图方式有时候会让观者忽视一些干扰因素，如盘子、刀叉等

▲ 丰富的颜色搭配，有时候也是拍摄菜肴的重点

◀ 单独的糕点需要用一些餐具来点缀，画面会略显丰富

Tips

保持食品新鲜感

拍摄烹调好的肉类、鱼类食品，在拍摄前涂抹一层精制食用油，食物将显得特别新鲜。

拍摄某些炒菜，并不需要实炒，而是将蔬菜在开水里焯过，然后用油冷拌，这样的菜更有型，色泽也可经久不变。

Tips

食品的事先准备

很多食品菜肴在室内的常温下放上很短的时间就会改变其酥、脆、热等特点，因此在拍摄前要做好全部的准备工作，才能将食品菜肴放到拍摄桌上。需要的时候，还可以用一些替代品，放在被拍摄的食品菜肴的位置上，在精心布光之后，再烹调食品菜肴，上桌，在最短的时间里完成拍摄，保持其原始的色、香、味。

Tips

人工模拟食品

有些食品一上桌就可能改变其最初的状态，可以采用特殊的对付方法。比如利用一些人工的材料模拟菜肴的形状和质感做一些假的食品，以还原食品的最佳状态。最典型的例子就是拍摄冰块：一般拍摄冰块或带有冰块的食品画面时，选择一种专门用有机玻璃雕刻出来的冰块，或者使用特殊材料模拟的“冰块”（放入水中就会膨胀，如同真的冰块），获得相当逼真的效果。并且不管你拍摄多长时间，这样的“冰块”是决不会融化的。

Tips

几个食品摄影特技

拍摄冰淇淋蛋筒，用染色的土豆泥代替其中的冰淇淋部分，不必担心冰淇淋的融化。

拍摄奶油裱花蛋糕时，用剃须膏代替鲜奶，时间再长也不会变形。

拍摄切开的苹果，应在盐水或者柠檬水中浸泡，以免时间一长切开面接触空气变色。

◀传统的构图法则虽然很好，但即兴作一些改变能更加丰富画面效果

客户之二 _ 无锡太湖珍宝舫饭店

拍摄大纲_

作为无锡最昂贵的饮食场所之一，珍宝舫提供的菜式如果按照西餐那样拍摄，完全不能体现它的价值和尊贵，所以中餐往往需要更多的设计和造型，用气氛来体现菜式的精致和美味。

机位选择_

菜品拍摄机位选择，应该根据自身的特点来把握，前文中的西餐拍摄机位就不能完全套用在中餐的拍摄上，在中式菜肴中有时候会运用到大型盘类餐具，或者大钵类的汤羹和烧菜。为了能够很好表现这些大型餐具内的食物，我们可以采用 90 度左右相对较为垂直的角度拍摄，而 45 度左右的机位选择也是最常用的角度。

艺术指导_

虽说食品不像人或动物有丰富的表情，但它们也有“生命”，假如不能掌握拍摄的“火候”，脍炙人口的食品完全会变得让人大倒胃口。

结果_

拍摄中式食品的难点来自两个方面，一是表现食品的外观质感，如酥脆的、细腻的、肥嫩的、油滑的等等，这需要在菜式制作和布光上下功夫；二是表现食品的新鲜、卫生、环保、可口等，这主要体现在场景布置上。如果在拍摄中处理好这两方面，结果自然不会差。

对于食品拍摄，本文的作者有一些小窍门可以和读者交流_

- 一款成像优秀的微距镜头是拍摄食品的利器，因为很多时候我们需要“虚”掉背景，突出菜式。
- 菜式烧到 6 成熟就可以，拍摄前淋上一层油，看起来就会很有食欲。
- 如想表现热气腾腾的效果，可以在口中吸一口香烟的烟，用吸管对准被拍摄食品的内部，用力喷出一口烟雾后，迅速离开，等烟雾上升到最佳的状态时及时按下快门。或者也可以在食品容器的侧面打一小洞，用软管输送干冰的烟雾。
- 注意细节，细节是魔鬼，没有擦干净的盘子配合斑驳的光影，是后期修图的梦魇。
- 拍摄素菜及水果时，为了表现新鲜的感觉，可以先用甘油薄薄地涂在它们的表面，再用喷壶洒上均匀的水珠，看起来就会比较自然。

▼改变菜品的容易和环境，可以化腐朽为神奇

▼重复的构图效果，会极大地吸引观者的视觉

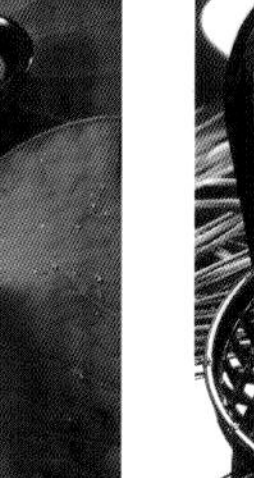

◀黑色的有机玻璃板在闪光灯的照耀下，会有意想不到的效果

六、产品类摄影的美化

按照产品摄影大师熊谷晃先生的定义，从拍摄方法上对产品摄影进行简单的分类，可以分为两大类：整版照片（场景类产品拍摄）和剪裁照片（抠底类产品拍摄），这两类拍摄具有各自不同的特性和操作要点，同样我们在后文中分别用案例来叙述这两种拍摄方法。

产品拍摄不同于其他题材的摄影，它不受时间和环境的限制，一天24小时都可以进行拍摄，拍摄的关键在于对商品有机地组织、合理地构图、恰当地用光，将这些商品表现得静中有动，栩栩如生。通过你的照片给买家以真实的感受。在我看来，产品摄影的精髓在于将商品的形态、质地、色泽充分表现出来，而不必有太多的夸张，当然适当的美化是需要的。

▲ 室内透视关系要控制好

客户之一_Kasen Home

拍摄大纲_

作为美式家具的市场领军者，Kasen Home特别强调舒适、气派、实用和多功能，让家庭成为释放压力和解放心灵的净土。在这样的指导思想下拍摄，家庭的氛围感就是需要表达的重点，同时产品的质地也是需要兼顾的元素。

机位选择_

作为产品摄影的一种，家具摄影图像必须是真实的、清晰的、准确的记录，才能体现产品的特点，所以在机位选择上，需要一些正面的、均衡的机位。

艺术指导_

很多家具本身就是艺术品，代表着一种文化与生活方式，所以才需要构建不同的布景，从而营造不同的氛围，美式家具摄影要求体现高雅、端庄以及浓厚的家庭氛围。温暖别致的壁炉，宽大舒适的沙发，高贵典雅的大钟、精巧细致的地毯，其乐融融的一家人，这些都是表达的重点。

结果_

这样的场景类产品拍摄，需要在表达氛围和产品质地上兼顾，往往需要高端的器材才能达到，所以在这类摄影题材上，器材往往是比较重要的因素，本次拍摄采用了大画幅的胶片，虽然后期麻烦了点，但在质感的表达上，还是远远超越了大部分的数字器材。

▶ 局部的构图

▼ 此类图片流露着一种生活方式的选择，反应一种生活状态

▲ 局部效果

Tips

避开内景反射物

拍摄家具内景时，要在取景器中仔细观察一番，确保没有镜子、窗子和其他闪亮物品在画面中出现。反射容易造成的眩光会破坏画面的整体效果，使内景出现不协调的感觉。如有眩光出现，可以移动产生眩光的光源，也可以调节反射面的方位，确保不再出现为止。

▶ 前景中的沙发扶手可以增强画面的立体感

▲ 正面硬光线会带来很多光影，但具有自然光的感觉

▲ 道具的有效利用增强画面的效果，同时注意皮质家具的反光控制

客户之二_综合类

拍摄大纲_

此类抠底式产品照片，大致可以分为三类，即透明材质产品、反射材质产品以及吸收性物体，这些都是根据被摄对象的材质来划分的，针对不同特性的材质，需要用不同的布光方法来处理。在此类摄影中，构图变得不那么重要，一般都是将产品放置在画面的最中间，用足相机的有效像素，后期处理会有更大的余地。

机位选择_

大部分的产品会选择前侧30−45度的角度拍摄，这样最能全面地拍摄到物体的外貌。

艺术指导_

这类摄影的目的往往比较清晰，就是取得一个优秀的素材，然后运用在后期的合成上，所以对产品的形、质、色能够很好地表达，就算是一个成功的产品摄影。

对于此类摄影的不同题材，笔者提供一些布光上的小建议_

- 透明材质产品一般采用侧逆光、逆光或底光进行照明，就可以很好地表现出静物清澈透明的质感。
- 反射材质产品具有强烈单向反射能力，灯光照射到这种商品表面，会产生强烈的光线改变或镜头眩光，所以拍摄这类商品，一是要采用柔和的散射光线进行照明，二是可以采取间接照明的方法，即灯光作用在反光板或其他具有反光能力的商品上，能够得到柔和的照明效果。
- 吸收性物体为了表现好它们的质感，在光线的使用上，大多采用侧逆光或侧光照明，这样会使得商品表面表现出明暗起伏的结构变化。

▲ 布艺类沙发侧重表达质感和造型，侧面视角也最为合理

▲ 随机的排列非常具有设计效果，同时小景深也更能抓住观者的视线

▲ 动车的VIP座椅外层采用金属制作，反光抑制需要重点考虑，采用包围式的柔光布可以解决这个问题

▲ 拍摄对戒指的关键在于造型，摆出好看的造型就成功了一半

▲ 分解图不需要一次拍好，只要固定好机位和透视角度，后期修图可以轻易达到这样的效果

Tips

室内家具与变形

从透视角度出发，在拍摄家具不得不使用广角镜时，尽量选择合适的高度平视取景，或者使用大画幅技术相机进行倾斜调整，避免产生变形，让人误以为是家具本身的歪斜。

▲ 所有拍摄皮质的摄影师都不可否认，消除了皮质的所有反光，拍摄也失败了，所以取舍的度是判断摄影师好坏的一个标准

Tips

首饰拍摄

首饰的特点在于他的高度反光，如果想完全消除首饰上的反光，可以采用帐篷式灯光照明，用无缝纸在布置的首饰顶上和周围架起一顶“帐篷”。

▲ 浅浅的倒影烘托整个产品，这种倒影可以直接拍摄，同时也可以后期修图

▲ 拍摄具有孔洞的材质，最害怕光线不平均，大型的柔光箱是必要的器材

▲ 耳钉需要精心摆放，寻找最适合拍摄的位置

Tips

小心处理化妆品

化妆品种类很多，而且大部分是较小的体积，因此在近摄的过程中，哪怕是有一点点的瑕疵，都会引人注目而破坏了整体感。因此首先是在挑选上十分小心，不要将制作工艺上有毛病的物件作为拍摄体。同时在拍摄前要小心擦拭物件，使化妆品完美无缺。

▲ 物体的组合排列需要多花一些心思，兼顾造型和色彩的均衡

Tips

产品与背景

如果深色产品需要表现其厚重感和高级感，背景的设置大都以黑色的环境为好，或者选择以黑色为主的渐变材料，这样可以将黑色的产品和背景分离，但又不失高雅感。在布光上，最好选择偏暖调的光照，以表现产品的高贵。千万不能选择偏青蓝色的冷调光线，这样很容易使产品变得苍白无力，也会带来一种冷漠的感受。

思考练习

1. 建筑外观的拍摄和建筑内景的营造有哪些特征和区别?
2. 同为肖像摄影，高级行政人员肖像时尚肖像各有哪些特殊性?
3. 食品类摄影技巧众多，主要的拍摄技巧应该掌握哪一些?
4. 产品类摄影的美化可以有多种途径，重点何在?

图书在版编目（CIP）数据

商业摄影实战教程／朱杰编著．—上海：上海人民美术出版社，2011.2
ISBN 978-7-5322-6651-7

Ⅰ.①商… Ⅱ.①朱… Ⅲ.①商业广告—摄影艺术—教材
Ⅳ.①J412.9

中国版本图书馆CIP数据核字（2010）第260389号

商业摄影实战教程

编　　著：朱　杰
责任编辑：张　璎
封面设计：刘　菲　艾　英
版面设计：艾　英　黄国兴
技术编辑：陆尧春　朱跃良
出版发行：上海人民美術出版社
　　　　　上海长乐路672弄33号
　　　　　邮编：200040　电话：021-54044520
网　　址：www.shrmms.com
印　　刷：上海丽佳制版印刷有限公司
开　　本：787×1020　1/16　6.5印张
版　　次：2011年2月第1版
印　　次：2011年2月第1次
印　　数：0001-3300
书　　号：ISBN 978-7-5322-6651-7
定　　价：35.00元